吸血鬼心中物語

赤川次郎

集英社文庫

イラストレーション／ホラグチカヨ
目次デザイン／川谷デザイン

吸血鬼心中物語

CONTENTS

吸血鬼心中物語

吸血鬼たちの休暇旅行

ツアーの誘い

ケータイが鳴って、エリカは、

「お父さんからだ。珍しい」

と、出ると、

「もしもし？　お父さん？」

「エリカか」

神代《かみしろ》エリカの父、フォン・クロロックである。

「どうしたの？」

「今、どこだ」

「大学から帰るとこ」

「そうか。実はな、これから社へ寄れるか？」

「今？　──うん、構わないけど」

と歩きながら、

「どうしたの？　何かおごってくれるの？」

「温泉に行く」

「──どこに行くって？」

「温泉だ。といっても一泊だが」

「一泊って……。今日？」

「うん。用事はないのだろう？」

「ないけど……。いつ出発？」

「あと三十分」

「そんな！　仕度できないよ」

「仕方ない。何もなくていいから」

「そんなこと言ったたって──」

「ともかく、今行けば、ツアー参加費がタダなのだ！」

「タダ？」

「急に行けなくなった人間が二人いてな、その代わりにということだ」

「いくらタダでも……」

エリカはためらった。——そういうときは、たいていろくでもないことが起こる。

しかし、クロロックの方は、

「では行っとるぞ」

と、さっさと切ってしまった。

「全くもう……」

雇われ社長の身とはいえ、〈クロロック商会〉の一応社長である。

本来、元祖吸血族の正統な子孫だが、経営者になって大分慣れると、やけにお金にうるさくなった……。

「しょうがないなあ」

ブツブツ言いながら、エリカも多少はタダというところにひかれていたのである。

でも、女は旅といっても、必要な物が色々あるのよ！　いくら若いったってね。

仕方ない。――ともかく、〈クロロック商会〉へ行こう。

エリカは足どりを速めた。


夕方の日射しが、ゆるやかに差している。

「――バスだ」

と、一人が言った。

大型バスが、ゆっくりとやってきた。

それは黒くうずくまった、生きもののように見えた。

「何だか古いバスだわね」

と、メガネをかけた女性が眉をひそめて、

「こんな料金を取っておいて、古いバスなんて、とんでもないわ」

「いやいや、レトロなバスというのも、趣《おもむき》があっていいじゃありませんか」

と、人の好さそうな小太りの男。

「デザインが古いだけでしょう」

と、長身の男が言って、小柄な女性の肩に回した手に力をこめ、ギュッと抱き寄せた。

「だとよろしいですけどね……」

と、メガネの中年女性は、恋人たちの、いささか人目をはばからない態度から、わざとらしく目をそらして言った。

バスは静かにやってきて停まった。

扉が開くと、

「お待たせいたしました」

と、紺の制服のガイドが降りてくる。

「まだ皆様お揃いではございませんので、少しこちらでお待ちいたします」

「時間に遅れてくる方が悪いのです」

と、メガネの女性が言った。

「さっさと出発いたしましょう」

「いや、まだ定刻になっていませんよ」

と、小太りな男が腕時計を見て、

「ほら、あと三分ある」

「五分前に来ているのが常識です」

「やあ、誰か来た」

と、長身の男が振り向いて、

「何だか面白いスタイルの人だな。マントかな。あれは？」

――フォン・クロロックとエリカは、バスの所へやってくると、

「ちょうど時間に間に合ったね」

「うむ。――このバスで間違いないだろうな。別の場所へ連れていかれてもかなわん」

と、クロロックが言った。

「どうぞ、ご乗車になってお待ちください」

と、バスガイドが言った。

「では」

真っ先に乗ったメガネの女性は、バスの中を見回して、一瞬足を止めた。

「どうかしましたか?」

と、続いて乗ろうとしていた小太りな男が言うと、

「いえ……。なかなか立派なバスですわ」

――確かに、中の造りも、ややレトロな感じだが、豪華なヨーロッパの館の中というイメージ。

「ほう! こりゃ凄い」

と、小太りな男は素直に声を上げた。

「まあ、すてきだわ!」

と、若い女性は長身の彼氏の腕につかまって、飛びはねんばかり。

「いいね。さ、奥のソファでゆったり座ろう」

サロンカーというのか、バスといっても、同じ向きに座席が並んでいるのではなく、ソファのような座席で、向きも自由に変えられるのだった。

「――これはなかなかいい」

クロロックは、ソファに腰を落ちつけると肯《うなず》いて言った。

「失礼ですが、外国の方で？」

と、小太りな男が声をかける。

「フォン・クロロックと申します」

「これはどうも。――私は本間《ほんま》と申しまして」

と、名刺を取り出し、

「保険会社に勤めております」

「ほう、生命保険ですか」

「はあ。上半期の成績が良かったので、そのごほうびというので、このツアーに」

「それは立派なものだ」

クロロックの名刺を見て、

「社長さんでいらっしゃる！　もし、保険のご用があれば、いつでも」

本間浩之《ひろゆき》という男、いかにも人当たりが良く、保険の外交員として腕がいいだろうと思えた。

「ちょっと、あなた」

と、メガネの女性が本間へ言った。

「ここは旅行中のバスの中ですよ。商売するところではありません」

「や、これは失礼」

と、本間は怒る様子もなく、

「私は本間です。――もしかして、学校の先生でいらっしゃる？」

「もしかでなくても教師です。見ればお分かりでしょう」

と、チラッとクロロックの方を見て、

「ルーマニアのお方？」

「まあ、今で言えばそういうことになりますな。よくお分かりで」

「そりゃあ……。ドラキュラそっくりの格好をなさってらっしゃいますもの」

と言って、初めて笑顔を見せ、

「クリストファー・リーは、女学生時代、憧《あこが》れの人でした」

思いがけない発言に、一斉に笑いが起こった。

「――私は刈谷恵子《かりやけいこ》と申します。教師生活二十年以上で、つい説教くさいことを申しますが、ご勘弁ください」

「よろしく。僕は河本秀《かわもとしゅう》という遊び人です」

と、長身の男が言って、隣の女性の肩を抱き、

「これは僕の恋人の野口《のぐち》あゆみです」

「あら、婚約者じゃなかったの？」

と、彼女が口を尖《とが》らす。

「旅行先で、もっとすてきな女性に会うかもしれないだろ」

「意地悪ね！」

と、野口あゆみが彼の脇腹をつつく。

「――いいですわね。若い人たちは」

と、刈谷恵子が言って、

「そろそろ出発しないのかしら」

と、乗降口の方へ目をやると、バタバタと駆けてくる足音がして、

「やれやれ！　間に合ったか」

と、乗ってきたのは、太ってかなり脂《あぶら》ぎった感じの男。

「ふん。まあまあだな、中は」

と、ドサッと腰をおろし、

「おい！　何か飲み物くらい出んのか」

と、大声を出す。

「――お一人ですか？」

と、刈谷恵子が訊《き》くと、

「いや、女房が一緒です」

「どちらに……」

「足が遅いのでね、そろそろ来るでしょう」

やせた女性が、ハアハア息を切らしながら乗ってくる。

「遅くなり……まして……」

乗客たちは顔を見合わせた。その女性は五十代だろうが、ずいぶん老けて、しかも片足を軽く引きずっていたのだ。

この奥さんを放っておいて、さっさと乗ってくるとは……。

しかし、夫の方はまるで気にしていない様子で、上着のポケットから取り出した競馬新聞を広げて、赤鉛筆で印をつけ始めた。

「――お待たせいたしました」

と、バスガイドが言った。

「では、出発いたします」

サロンカーは、滑らかに走り出した。

外はもうほとんど暮れかかっていた……。

地響き

「いや、すばらしい！」

と、本間《ほんま》が浴衣《ゆかた》姿でソファに寛《くつろ》ぐと言った。

「こんなに立派なホテルが……」

「本当に」

と、刈谷恵子《かりやけいこ》が息をついて、

「温泉旅館かと思っていましたけど、これは一流の都会のホテルですね」

正に、その豪華な作りは、五つ星のホテルと言ってもいい。

「——何だか浴衣でいるのが申し訳ないみたい」

と、エリカが言った。

「うむ。まあ、本当の温泉マニアは『情緒がない』と言うかもしれんな」

フォン・クロロックも浴衣姿、刈谷恵子が見て、

「まあ。イメージが壊れますわ」

と笑った。

ホテルはまだ開業したばかりだそうで、確かにどこも真新しく、客も他にはいない様子だった。

「お食事のご用意ができております」

タキシードに蝶ネクタイの支配人が案内する。

レストランではフランス料理のフルコース。

「やはり着替えてくるべきだったな」

と、クロロックは言った。

「みんな浴衣だもの」

それぞれテーブルは分かれているが、刈谷恵子と本間は一つのテーブルについていた。

河本秀《かわもとしゅう》と野口《のぐち》あゆみのカップルは、むろん二人で少し離れたテーブル。

ただ、最後にバスに乗ってきた夫婦——大崎信介《おおさきしんすけ》と、和代《かずよ》というのだと分かった——だけは、同じテーブルでも一人、夫の方がブツブツ文句を言い、妻の方は黙っていた。

「おい。酒を注ぐ女はいないのか」

と大崎が言った。

「あなた……。レストランですよ」

と、たまりかねたように和代が言った。

「だから何だ？　ふん、気取るこたあない。温泉旅館にゃ、芸者の一人や二人、いるもんだ」

と、大崎は一向に変わらない。

「——でも、お父さん」

と、エリカが言った。

「ここへ来る途中の……」

「あの、バスを止めた男か」

と、クロロックは肯《うなず》いて、

「確かに気になる」

――このホテルは、山のかなり高い所に建っていた。

バスは山道をグルグルと回りながら上ってきたのだが、その途中――。

バスが急ブレーキをかけて、乗客は危うく転がり落ちそうになった。

「おい！　どうしたんだ！」

大崎が怒鳴る。

クロロックとエリカは伸び上がって、バスのライトの中に浮かび上がった男を見た。

「困ります！　どいてください！」

と、バスガイドが降りて、その男へと歩み寄った。

男は三十歳くらいか、ジャンパーにジーンズ、長靴をはいている。この地元の人間らしい。

人間離れした、エリカとクロロックの耳は、他の乗客には聞こえていない、その男とバスガイドの会話を聞いていた。

「危ないじゃないの！　ひかれたらどうするの」

と、バスガイドが言った。

「君が乗ってたのか」

と、男は言った。

「たまたまよ」

「何とかして、あのホテルに行くのをやめさせたい。君も協力してくれ」

「無理言わないで！　私はバスガイドなのよ。そんなことしたらクビだわ」

「しかし、何より大切なのは客の命だろう。違うか」

「だからって――」

「あのホテルは危険なんだ！」

「ともかく今はやめて。ね、お願い。また連絡するから」

「分かった」

男は肩をすくめて言ったが、

「しかし、憶えとけよ。山の奥で地響きがしたら、逃げるんだ」

と付け加えた。

――バスガイドは戻ってきて、

「失礼いたしました」

と、営業用の笑顔になって言った。

そしてバスは再び山道を上りだしたのである……。


「あそこの席に――」

と、エリカが指さした。

同じレストランの一番隅の目立たない席で食事しているのは、あのバスガイドだった。もちろん制服ではないので、すぐには分からなかったのだ。

「話してみろ。――おまえ一人のほうがいいだろう」

と、クロロックが言った。

「うん」

エリカは、ウエイターに、デザートとコーヒーを向こうのテーブルに、と言って席を立つと、バスガイドが食事しているテーブルへ向かった。

「ごめんなさい。ご一緒してもいい？」

と、エリカが声をかける。

「もちろん！　どうぞおかけになって」

エリカは食事の皿を見て、

「カレーライスなんかあるんだ」

「ドライバーとガイドは、ここの従業員の方と同じ、まかないのご飯をいただくんです。これならタダなので」

「へえ……。厳しいのね」

「商売ですから」

と、ガイドは微笑んだ。

「ええと……ゆきさんっていったっけ」

「はい。安孫子《あびこ》ゆきです」

「ゆきさんは、この辺りの出身？」

「え？」

と、ちょっとギクリとした様子で、

「さっき話してた、地元の人らしい男の人。知り合いみたいだったから」

「どうしてそれを――」

ゆきはちょっとためらって、

「実は――そうです。でも、どうか内緒にしてください」

「もちろん。あの男の人、何を言ってたの？」

「はあ……。彼、村井《むらい》さんといって、この山の裾野の町に住んでいます。私、幼なじみで……」

と、口ごもったが、

「彼、町役場の防災担当なんです」

「防災というと、地震とか……」

「ええ。町は山裾なので、万が一、山崩れが起こると危ないんです。それで……」

「このホテルを建てるとき、反対した。そうでしょ？」

「ええ」

と、ゆきは肯いて、

「当然、このホテルのために、山の木をかなり切ってしまっています。ここまでの道路も作ったわけですし。でも、ここのオーナーは、政治家に強いコネがあるらしくて、町の反対など全く無視して建ててしまったんです」

「それで危険だと……」

「ええ。ご承知かもしれませんが、先週、この辺は凄い雨が降ったんです。村井さんの話だと、谷川の水は溢《あふ》れそうなほどで、今も水位が高いそうです」

「今でも？」

「雨が止《や》んでも、山から流れてくる水はしばらく減りません。地盤が緩んでいるので、これからしばらくは危ないと……」

エリカは肯いて、

「ホテルの人はその話を知ってるんでしょうか」

「さあ……。私はただのバスガイドですから、このホテルの偉い方になんか、お目にかかったこともありませんが」

「ご一緒してもいいかな」

クロロックがやってきて言った。

クロロックには、エリカたちの話がちゃんと聞こえているのだ。

「――おや、あんたはデザート抜きかね」

「バス会社の人間には、そこまでは……」

「それではこっちが食べにくい。――おい、君」

と、クロロックはウエイターを呼んで、デザートとコーヒーを追加でオーダーして、

「私の部屋につけてくれ」

「すみません……」

と、ゆきが恐縮している。

エリカが今のゆきの話をくり返すと、

「私も、ちょっと妙だと思っとった」

と、クロロックが肯く。

「とおっしゃいますと？」

「こんな山中に、どうしてこんなホテルを建てたのか。どう考えても、採算が取れるとは思えん」

「そうだね」

「このホテルのオーナーは誰なのかね？」

「さあ……。私も聞いたことがありません」

「ふむ……」

クロロックは考え込んだ。

デザートが来て、ゆきは、

「遠慮なくいただきます」

と、ニッコリ笑った。

　そのとき、クロロックが眉を寄せて、

「地響きだ」

と言った。

「え？」

　ゆきがドキリとした様子で、

「――感じませんが」

「私も感じないけど……。父は、人並み外れて、そういうことに敏感なの」

「あんたの彼氏――村井君といったか。用心するように言ってやった方がいいかもしれん」

「はい……」

　ゆきは目を見開いて、ゆっくりと肯いた……。

深夜の殺人

「あなた……。私、眠いわ」

と、夫の後をついて歩きながら、大崎和代《おおさきかずよ》が言った。

「何を言ってる！　まだ午前一時だ」

と、大崎はさっさとホテルのロビーを横切っていく。

「もう寝ましょう」

「馬鹿！　温泉に来て、一回しか風呂へ入らんでどうする！」

――都市型ホテルといっても、「温泉」が売りものなので、大浴場がある。

「温泉では一泊すれば最低五回風呂へ入らんと、もとが取れんのだ」

大崎の問答無用の言い方に、和代は諦《あきら》めた様子でついていった……。

「――無茶だね」

ロビーのソファに座っていたエリカが言った。

「同じ社長でも大分違うな」

クロロックが新聞を広げている。

もともと「夜型」の吸血族。夜遅い方が元気である。

「やあ、起きてらしたんですか」

と、やってきたのは、河本秀《かわもとしゅう》だった。

「お風呂ですか？」

「ええ。ザッと入るだけで出てきました。あの本間《ほんま》さんがのんびり入っていましたよ」

と、ソファにかける。

「あゆみさんも？」

「いや、彼女はもうぐっすり眠ってます。朝までは、何があっても起きませんよ」

と、河本は笑顔で言って、

「──しかし、妙なホテルですね。こんな山の中に」

「あんたもそう思うかね」

と、クロロックが言った。

「ええ。ここへ来る前、インターネットで調べてみましたが、このホテルについては、ほとんど何も出ていませんでした」

「私も、どうもいやな予感がしておる」

「いやな予感ですか」

「何か悪いことが起こりそうな──」

「お父さん！」

と、エリカが言った。

「あの人が……」

ロビーへフラッとやってきたのは、本間だった。

「本間さん、どうしました？」

と、河本が立ち上がる。

すると――本間はうつ伏せにバタッと倒れた。

「本間さん！」

河本が駆け寄ると、本間の浴衣《ゆかた》の背に赤く血が広がっていった。

「――刺されてる」

と、河本は言った。

クロロックたちもそばへ来て、

「死んでおるようだな」

「ええ。――背中の刺し傷です。殺人ですね」

「とんでもないことになったな。ホテルの者を呼ぼう」

すると河本は立ち上がって、

「それは僕が」

と言った。

「僕は刑事なんです。ここをお願いします」

と、フロントへと大股に歩いていく。

「——刑事なんだ」

エリカがびっくりして、

「そう思えないね」

「人間、見た目では分からん」

と、クロロックは言った。

「この本間という男もそうだ」

「え?」

「ただの保険の外交員が、どうして殺される? おそらく、この男にも何か秘密があったのだ」

するとそこへ、

「ああ……。もうフラフラです」

と、大崎和代がやってくると、

「あら。——本間さんですか? やっぱり湯あたりされたのかしら」

と、目をパチクリさせながら言った。

「エリカ。あのバスガイドを起こしてこい」

「うん」

と、エリカが駆け出した。

五分としないうちに、安孫子《あびこ》ゆきがエリカと一緒にやってきた。

「──まあ！」

本間の死体を目にすると、床に座り込んでしまった。

「ゆきさん、しっかりして」

と、エリカがびっくりして声をかける。

「でも……お客様がこんなことに……。私《わたくし》どもの責任です」

「この男は殺されたのだ。あんたの責任ではない」

と、クロロックが慰《なぐさ》めていると、河本がホテルのフロントの男を連れて戻ってきた。

「クロロックさん、ちょっとよろしいですか」

と、河本は言った。

少し離れた場所へ行くと、

「奇妙なことばかりです」

と、河本は小声になって、

「警察へ連絡しようとしましたが、電話が通じません」

「ほう」

「ケータイもです。ここへ着いたときはちゃんと使えたのに」

「それは意図的なものだな」

「やはりそう思われますか？　しかし、電波を妨害するにしても、一人や二人ではできることでは……」

「ホテルの者はどう言っている？」

「この時間は、あのフロントの久保《くぼ》という男しかいないそうです。他の人に連絡してくれと言ったのですが――」

「連絡できない、か」

「ええ。このホテル内に泊まる所がなくて、この裏手に宿舎があるそうですが」

「これだけのホテルに、一人しかいないとはな」

「妙でしょう？」

クロロックは、ゆきを呼んで、

「ドライバーを起こして、すぐここを出る用意をさせなさい」

と言った。

「今ですか？」

「このホテルは危険だ。客をみんな起こして、仕度させなさい。この河本君は刑事だ。河本君の指示だと言って」

「はい」

面食らいながらも、ゆきは急いで駆け出していった。

「一体どういうことでしょうね」

と、河本が首をかしげて、

「――そうだ。あゆみを起こさないと！　なかなか起きないからな。失礼します」

「うむ。我々も部屋へ戻って仕度しよう」

と、クロロックが言った。

そこへ大浴場から上がってきた大崎が、

「じっくり入ったぞ！　あと夜明けまでに三回入るんだ！」

と、真っ赤な顔で言った。

そして、ロビーの様子を見て、

「どうかしたのか？」

とキョトンとしていた……。

孤　立

叩き起こされて文句を言う人、仕度に手間取る人など色々いたが、それでも三十分ほどで全員がロビーに集まった。

本間《ほんま》の死体には布がかけられている。

「恐ろしいことね」

と、刈谷恵子《かりやけいこ》が言った。

「——皆様、大変ご迷惑をおかけして申し訳ございません」

と、ゆきが言った。

「全くだ！」

と、大崎《おおさき》はしかめっつらで、

「料金は払い戻してくれるんだろうな」

「バス会社の責任ではありません」

と、河本《かわもと》が言った。

「警察官として僕が要望したのです」

「刑事さんだったの、あなた」

と、刈谷恵子が言った。

「ともかく、このホテルには大変疑わしい点が多々あります。バスで、ふもとの町へ行って、そこで対応を考えましょう」

「本間さんはこのまま?」

「仕方ありません。捜査上も手をつけない方がいいので」

クロロックがおっとりと、

「死んだ神より生きとる人間が大切だ」

と言った。

「――用意できました」

ドライバーが玄関を入ってきた。

津川《つがわ》という中年の男で、ベテランらしい落ちつきがある。

「では行きましょう」

と、河本が言って、

「久保《くぼ》さん、一緒に行きますか?」

と、フロントの男に声をかける。

「いえ……」

「一緒に行った方がいい」

と、クロロックが言った。

久保は、ごく最近雇われたばかりで、このホテルのことも詳しく知らないということだった。

他の従業員が泊まっているはずの宿舎へ行ってみると、空っぽで誰もいなかったというので、久保自身が呆然としている。

「――私はここに」

と、久保は言った。

「何といっても、私はここに雇われて、給料をいただいているのですから」

「そうか。——では用心してな」

「ありがとうございます」

——一行は正面につけてあるバスへ乗り込み、すぐ出発した。

「雨になったな」

と、ハンドルを握る津川が言った。

「そうひどくはないですね」

ゆきはちゃんと制服に着替えていた。

「下りだから、気をつけんとな」

ゆっくりと、山道を下りていく。——むろん真っ暗なので、バスのライトに浮かび上がる道を辿るだけだ。

「——お父さん」

「どうも気になる。あのホテルには悪い意志のようなものを感じるな」

と、クロロックが言った。

十分ほど下ったところで、バスは急停止した。

「――何てことだ」

と、津川が言った。

「どうしました？」

と、河本が立っていく。

「道が――消えてます」

「消えてる？」

「崖崩れでしょう。ポッカリ失《な》くなっている。このまま行けば、崖下へ転落です」

しばし、誰もが無言だった。

「降りてみよう」

と、クロロックが促す。

クロロックとエリカ、そして河本とゆきがバスを降りて、ライトに照らされたその崩落の現場を見た。

「凄い」

と、エリカが目を丸くして、

「ポッカリ消えてるね」

道はライトの届く限り、失《な》くなっていた。

「雨のせいでしょうか」

と、ゆきが言った。

「この程度の雨で?」

と、河本が言った。

「でも、この辺は、最近大雨が続いて……」

「どうも腑に落ちんな」

と、クロロックは首を振って、

「他に下へ下りる道はあるのか?」

「いえ……。たぶんないと思います」

「仕方ない。ホテルへ戻ろう」

と、河本が言った。

「戻れるの？　だって、Uターンするような場所が……」

エリカの言葉に、ゆきが青くなって、

「そうだわ。――このバスじゃ、とてもUターンできません」

「しかし、何とかして戻らないと」

――ドライバーの津川は、

「この山道を、バックしろって言うんですか？　しかもこのバスで？」

「無理なら歩くしかない」

と、クロロックが言った。

「分かりました。何とかやってみましょう」

津川がゆきへ、

「おい、しっかり誘導しろ」

ゆきは顔をこわばらせて、

「はい！」

と肯《うなず》いた。

「だけど、すみませんが、お客さん方には降りていただきます」

「でも、津川さん――」

「俺にも自信がない。ハンドルを切りそこなったら、バスごと崖から転落だ」

「よし、分かった」

クロロックは肯いて、乗客へバスを降りて歩いて戻ると告げた。

むろん真っ先に文句を言ったのは大崎で、

「とんでもない！　我々は料金を払ってるんだ！　このバスに乗っている権利がある！」

「まあまあ」

クロロックがそばへ行って、

「あんたの言うことも分かるが、ここは大人の対応をするべきではないかな？」

と、大崎の目をじっと見る。

クロロックの催眠術にかかった大崎は、グラッと揺れると、

「もちろんだ。いや、人間、こういうときに本性が分かる。降りて歩こう！」

「そうそう。さすがは社長さんだ」

他の面々は、大崎がコロッと変わったので、呆気に取られていた……。


一時間近くかかって、バスはホテルの前へと戻った。

乗客たちは、先にホテルへ歩いて戻っても良かったのだが、ゆきの笛と誘導の声に合わせて、大型バスが山道をジワジワと上ってくる光景を、息をつめて見ていて、先に戻る気にはなれなかったのである。

バスがホテルの正面へつけると、一斉に拍手が起こった。

「──やあ、どうも」

津川が汗を拭《ぬぐ》いながら降りてきて、

「前へ走らせるのが、えらく楽に思えますね！」

みんなが笑った。

「汗をかいたでしょう。ひと風呂浴びてくるといい」

と、河本が言った。

「私も汗だくです」

と、ゆきが言った。

「でも、お客様に何もなくて、本当に良かった」

「ともかく中へ入って休みましょう」

と、河本は言って、ロビーへ入ると、

「久保さん。――久保さん」

と呼んだが、返事はない。

クロロックとエリカはロビーの奥のソファにかけると、

「お父さん、どう思う？」

「うむ……。あの崩れた道は果たして偶然かな」

「つまり……ここへ私たちを閉じこめたってこと？」

「だとしてもふしぎではない」

「でも、どうして？」

クロロックは立ち上がると、河本を呼んで、

「本間さんの部屋はそのままだね？」

「ええ」

「調べたい。荷物の中に、何か手がかりがあるかもしれん」

「そうですね。分かりました。特殊な事態ですからね」

本間のそばにルームキーが落ちていた。

河本とクロロック、エリカの三人は、本間の部屋へと向かった。

「——ここですね」

河本がルームキーで鍵をあける。

「待て！」

と、クロロックが鋭い声で、

「中に誰かいる！」

クロロックがバッとドアを開けると、ツインルームの真ん中に黒い人影が立っていた。

それはクロロックが中へ踏み込むより早く、身をひるがえして、正面のベランダへと風のように飛び出していった。

「あれは――」

と、河本が唖然とする。

クロロックたちはベランダへ出た。

人影はどこにもなかった。

「どこへ逃げたんだろう?」

と、河本は言った。

「ここ、五階ですよ。飛び下りたら死ぬ」

「そうは限らん」

「どういう意味ですか?」

「見ただろう。今の影を」

「黒ずくめでしたね」

「あれは人間ではない」

クロロックは部屋の中を見回して、

「まだ、さほど荒らされてはいないな。大切なものは見つかっていないかもしれん」

本間の荷物を調べて、クロロックは、

「このバッグは空にしてもいやに重いぞ」

と言った。

バッグの底板が外れると、薄いファイルが出てきた。

「これだ。——まず、これを読んでみよう」

と、クロロックは満足げに肯いて言った。

崩壊

「では、本間《ほんま》さんは保険会社の人じゃなかったんですか？」

と、刈谷恵子《かりやけいこ》が言った。

「このファイルの中の報告書を読むと分かる」

と、クロロックが言った。

「本間さんは国税庁の調査員だったんです」

と、河本《かわもと》が言った。

「税務署の人ってこと？」

と、あゆみが言った。

「まあ、そんなところだ。ここにこんなホテルを建てながら、施工主も、出資者もはっきりしない。それで、本間さんが派遣されてきたんだろう」

「で、何か分かったんですの？」

と、刈谷恵子が訊《き》く。

「これを読むと、このホテルの実質的なオーナーの名前が出ています。本間さんはきっとこのホテルのパソコンに侵入したりして探り当てたんでしょう」

「それは、相手に気づかれる危険を冒《おか》すことでもあった」

と、クロロックが肯《うなず》いて、

「大方、気づかれて殺されたのだな」

「そんなひどい所だったなんて！」

と、刈谷恵子が怒ったように、

「一体、犯人はどこにいるんです？」

「どこかな」

とクロロックは言った。

「これには人間でない何かが係わっていると思われるのだ」

「人間でない？」

と、あゆみが面食らって、

「どういう意味ですか？」

だが、答える前に、クロロックの目は、ロビーへとよろけながらやってくる久保《くぼ》を見ていた。

「お客様……」

久保が絞り出すような声で言った。

「早く……お逃げください……」

久保がバタッと倒れる。

「おい！　しっかりしろ！」

と、クロロックが駆け寄ったが、久保の胸には大きくえぐったような傷があり、もう助からないことは明らかだった。

「このホテルは……崩れます」

久保はかすかに顔を上げて、それだけ言うと、息絶えた。

そのとき、ホテル全体が揺れて、重苦しい響きが伝わってきた。

「山が崩れる」

と、クロロックは立ち上がった。

「どこへ逃げたら……」

と、ゆきが言った。

「ともかく外へ出よう」

一同がホテルの玄関を出る。

「バスが……」

と津川《つがわ》が目をみはった。

正面に停めてあったバスが燃え始めていた。

「お父さん――」

「待て」

クロロックは大きく息を吸い込むと、両手をバスの方へ向けてかざした。

突然、強い風が吹きつけて、バスの火を一瞬で吹き消してしまった。

「——まだ動くか？」

「やってみます」

煙を上げているバスへ乗り込んで、津川がエンジンをかけた。——少し手間どったが、バスはブルルと震えて、エンジンがかかった。

「動きます！」

「でも、どこへ行くの？」

「山を上る」

「上る？　下るんじゃなくて？」

「下る道がない。上るしかなかろう」

「だけど……」

「ともかく、道のある限り上ろう」

乗客を乗せて、バスはホテルの脇を回って狭い道を上っていった。

「——もう道がありません」

と津川が言った。

「ここでは、山が崩れたとき、巻き込まれるな。──この坂を上れんか？」

「林ですよ！　道もないのに──」

「今作る。エリカ、手伝え」

「うん」

クロロックとエリカはバスを降りると、急な上り斜面へと向かって上り始めた。

クロロックが立木に手を触れると、木はバッと燃え上がった。

「押し倒せ」

エリカも必死で、燃えた木を外側へと倒した。

右へ左へ、立木を次々に燃やして倒していくと、バスくらいの幅の急な坂道になった。

「上ってこい！」

クロロックが合図すると、津川は、

「俺は夢でも見てんのか？」

と、首を振って、ハンドルを切り、思い切りアクセルを踏んだ。

バスがガタゴト揺れながら斜面を上り始める。倒れた木の根っこがタイヤが滑り落ちるのを食い止めた。

二、三十メートル上ったとき、大地を揺るがす地響きがして、頂上から、山が一気に崩れた。

バスが上ってきた道が、たちまち土砂で埋まる。

「まあ！　ホテルが！」

と刈谷恵子が声を上げた。

大きなホテルが一気に傾き、大量の土砂と共に流されていった。

「危ないところだったな」

と、クロロックが汗を拭《ふ》いた。

「でも……どうやって下りるの？」

と、エリカは言った。

「ありがとうございました」

と、ゆきが深々と頭を下げた。

「まあ、無事で良かった」

と、クロロックが言った。

「――ホテルのオーナーだった男は姿を消してしまいました」

と、河本が言った。

ホテルのラウンジに、クロロックとエリカもやってきていた。

「いずれ、また何か企《たくら》むだろう」

と、クロロックはコーヒーを飲んで、

「本番はあのホテル一杯に客を泊めて、一気に死なせようとしていたのだろうな。しかし、あんな大雨が続くとは思っていなかった。試験的に泊めた我々が、テストケースだったのだ」

「では真相は謎のままですね」

と、ゆきが言った。

「オーナーや、その金で操られていた政治家が分かって、少しは大掃除ができたというものだ」

「でも――クロロックさんはふしぎな方ですね」

と、ゆきが言った。

「どうやって山崩れから逃げたか、説明に困ります」

「夢中で分かりませんでした、と言っておけばいい」

と、クロロックが言って、

「はて？　あれは『女性教師』では？」

刈谷恵子がラウンジへ入ってくると、クロロックを見つけてやってきた。

「クロロックさん。ぜひお会いしたくて」

と、刈谷恵子は言うと、バッグから突然拳銃を取り出し、銃口をクロロックへ向けた。

「危ない！」

と、ゆきが飛び出す。

同時に銃声がして、ゆきは床に倒れた。

「畜生！」

刈谷恵子は「男の声」になっていた。

クロロックが手を差しのべると、刈谷恵子の姿は炎に包まれ、一瞬黒い姿をさらして、悲鳴と共に消えて灰になった。

「――この人は？」

「あのときは普通の人間だった。おそらく殺されたのだろうな」

「ゆきさん！」

ゆきは腹を撃たれて出血していた。

「ご無事で……良かったわ……」

と、クロロックを見て肯《うなず》く。

「待て。出血を止める」

クロロックが手をかざすと、傷口が焼けて出血は止まった。

「救急車だ」

「はい！」

河本が駆け出していく。

「しっかりしろ。急所ではない。大丈夫だ」

クロロックが励ますと、

「こんな……。また説明に困ります」

と、ゆきが顔をしかめて言った……。

吸血鬼心中物語

月もおぼろに

「いい月だなあ……」

と、夜空を見上げたその若者は、

「まるで……」

と言いかけて、考え込んだ。

「何よ」

と、並んでベンチに腰かけた女の子が、からかうように、

「せっかくのデートなのに、ロマンチックなひと言も言えないの？」

「いや、考えてるんだ……。待ってくれ」

と、哲学的な表情で額にたてじわを作っていたが――。

「そうだ！」

と、パッと顔を輝かせて、

「まるで、狼男の出そうな月じゃないか！」

女の子がふき出して、

「ちっともロマンチックじゃない！」

「そうかなあ」

と、男の子の方は首をかしげている。

——暑くも寒くもない、秋の夜。

デートには最適な夜だった。それに、確かに月も美しかったのである。

「昔の『狼男』なら、まだロマンチックね」

武山《たけやま》めぐみは言った。

「そうだろ？　僕もそのつもりで言ったんだ」

と、ホッとした様子なのは、本間邦広《ほんまくにひろ》。

二人ともK大の学生である。

そして所属するクラブは、〈怪奇映画愛好会〉。

めぐみは、両親から散々文句を言われた。

「女の子が〈ホラー映画〉なんて！」

と言う母へ、

「〈ホラー映画〉じゃないの！〈怪奇映画〉なの！」

と、めぐみは言い返した。

「どっちだって同じじゃないの」

「同じじゃないわよ！　私たちが愛しているのは、あくまで昔風のゴシックロマンの香りある怪奇映画。ただ気味悪くて残酷なホラー映画とは違うの」

しかし、めぐみ自身、「こう言ったって分かんないだろうな……」と思っていたのである。

「ちょっと……」

めぐみは、本間邦広が肩へ手を回して引き寄せようとするのを押し戻して、

「人目があるでしょ」

「構うもんか。みんな同じことしてるさ」

「そう？」

公園の中には、何組かの恋人たちがいた。

「いいだろ？」

と、本間はキスしようとした。

「待ってよ……。こんな所じゃ、落ちつかない」

「じゃ、どこかへ行こうか？」

「でも……あんまり遅くなると……」

めぐみも、正直、本間が好きだ。

しかし、何だかこういうムードの中で、何となくキスしたりするのは、抵抗があった。

するると、

「ごめんなさい」

と、女の声がした。

「は？」

本間が間の抜けた声を出す。

「お邪魔してすみません」

と、たぶん本間たちよりは年上の、スーツ姿の女性は、本間の膝の上に自分のバッグをヒョイと置くと、

「これ、少しの間、預かっていただける？」

「は……」

「よろしくね」

そう言って、女性は足早に行ってしまった。

「——どういうの？」

と、めぐみはむくれて、

「知らない女のバッグを預かるなんて！」

「向こうが勝手に置いてってたんじゃないか」

と、本間が言った。

「だけど……」

「ともかく、そんなこと、どうでもいいじゃないか」

本間は少し強引にめぐみにキスした。

「もう……」

と、文句を言いつつ、めぐみもそれ以上は逆らわなかった……。

何分ぐらいたっただろうか？

「ありがとう」

と、女性の声がして、二人はびっくりした。

「あ……、さっきの」

本間はバッグを渡そうとして、ギョッとした。――さっきのスーツ姿の女性には違いないが、全身、ずぶ濡れになっていたのである。

「あの……」

「どうもありがとう」

女性は、バッグを受け取ると、もう一度礼を言って、行ってしまった。

「──あの人、どうしたの？」

と、めぐみが言った。

「知らない。びしょ濡れだったな」

「ねえ。──水がずっと落ちてる」

と言って、

「まさか──幽霊じゃないわよね」

「やめてくれよ！　怖いのは弱いんだ」

怪奇映画ファンにしては情けない。

何だか、ロマンチックなムードでなくなって、二人はベンチから立ち上がった。

公園を出ると、大きな川が流れていて、その橋の上で、人が集まっている。

「何かしら？」

「行ってみよう」

十人ほどの人が、橋の手すりから下を覗き込んでいた。

「──何かあったんですか？」

と、めぐみが訊《き》くと、

「ああ、さっきここから飛び下りたんだよ」

と、男が言った。

「飛び下り？」

「それも二人で。男と女。——今どき、心中なんてね」

二人は顔を見合わせた。

「で、見つかったんですか？」

「今、警察がボート出して探してるよ」

下の川は、そう流れが速くない。

しかし、夜でもあり、見つけるのは容易でないだろう。

二人はしばらく様子を見ていたが、

「行こう」

と、めぐみが促した。

「うん……」

二人は橋を後にして、しばらく歩いていたが……。

「ね、さっきの女の人」

「ああ。もしかすると、飛び込んだって一人かもしれない」

「自力で上がったのかしら?」

「うーん……。でも、よくあるよな。心中しようとして、一人だけ助かっちゃうって」

「もしあの女の人がそうだったとして……。男の人は?」

「知らないけど……。死んだんじゃねえの」

と、本間は言った。

もちろん、本間がそんなことを知っているわけはないのである。しかし、何となく二人とも、

「きっとそうに違いない」

という気がして……。

「可哀そうにね」

と、めぐみは言った。

「うん」

「男の人って、女ほど生命力が強くないのよ、きっと」

「そうかな」

「だから、たいてい女の人の方が長生きするじゃない？」

話のテーマはややずれつつあった。

結局、この夜のデートは、さっぱりロマンチックな空気にならずに終わってしまったのである……。

特別ゲスト

エレベーターでロビーに下りると、本間邦広《ほんまくにひろ》は、

「ケチだなあ」

と、文句を言った。

「見ろよ、このロビーの広いこと。あのソファ一つだって、きっと何十万もしてんだぜ。それなのに……」

「そんなこと言っても仕方ないわよ」

と、一緒に来ている武山《たけやま》めぐみが苦笑して、

「縁もゆかりもない大学生に、会社のお金を出してくれ、ったってね」

「でも、五万や十万出したって、会社はつぶれないだろ」

「無茶言わないの」

二人は、〈怪奇映画愛好会〉の文化祭での展示やイベントのためのスポンサー探しに歩いていた。

このモダンなオフィスビルに入っている企業に、愛好会のOBがいる、というので寄付を頼みに来たのだが、当のOBは転職してしまっていて、出てきた庶務の男性はまるでとりあってくれない。

仕方なく引き上げるところである。

「それにさ、そろそろイベントのゲスト、決めないと」

と、めぐみが言った。

「ああ。でも、何しろ有名人はタダじゃ来てくれないからな」

「そうね……」

映画評論家など、何人かに恐る恐る当たってみたが、

「予算がないので、交通費だけで……」

と言うと、みんな呆れて断ってくる。

「生活がかかってんだからな」

「文句は言えないわね」

と、めぐみは言って——。

「ね！　見て！」

と、ロビーの真ん中で足を止め、本間の腕をつかんだ。

「どうしたんだ？　一万円札が落ちてた？」

「馬鹿言わないで。ほら、あの人、見て」

と、めぐみが指さしたのは、ロビーのソファで話をしている男女。

スーツ姿の女性は後ろ姿で、向かいの席の男性は……。

「あれ、ドラキュラだ」

と、本間は目を丸くした。

「ね。どう見てもクリストファー・リーの吸血鬼ドラキュラ、そのままの格好だわ」

裏地の真っ赤な黒いマント。あんな物をまとっている人間が本当にいるなんて！

「しかも外国人だぜ。たぶんヨーロッパ」

「ね、あの人を特別ゲストに呼ぼう」

めぐみの言葉に、本間はびっくりして、

「だってスタイルはともかく……」

「きっと、吸血鬼マニアなのよ。でなきゃ、あんな格好してるわけないわ」

「まあ……そうかな」

「ともかく、予算ゼロなのよ。ぜいたく言えないわ。頼んでみようよ」

「いいけど……。めぐみ、頼めよ」

こういうことになると、急に弱気になってしまう本間である。

ともかく、その二人の話が終わるのを待つことにした。

十分ほどで話は終わったらしい。二人は立ち上がって握手をした。

女性の方がファイルを抱えてロビーを横切ってくる。その女性を見て、本間が、

「あ！」

と、声を上げた。

その女性と目が合う。

「——何か？」

「いえ……。この間、公園で……」

女性の方もハッと息を呑んで、

「失礼します」

と、駆け出してエレベーターの方へと行ってしまった。

「——あの、びしょ濡れになってた人ね」

「そうだよな。向こうもギョッとしてた」

「でも、今はともかくあのドラキュラさんに——」

と言いかけて、めぐみは言葉を切った。

目の前に、当の「ドラキュラさん」が立っていたのである。

「私に何かご用かな？」

「あ……。あの——ちょっとお願いが」

と、めぐみは言って、

「そのスタイル、とてもお似合いです！」

「それで、あの……」

と、めぐみはおずおずと、

「実は、私どもの愛好会はとても貧乏でして……。もしも——もしも、ですけど、特別ゲストとしておいでいただけるとしましても、大変申し訳ないんですが、交通費以上はお払いできないのです……」

話しながら、段々声が小さくなる。

「——そうか」

と、クロロックは肯《うなず》いて、

「いや、金のことなど問題ではない！　中小企業とはいえ、このフォン・クロロック、〈クロロック商会〉社長として、交通費ももらわないと宣言する！」

そばで聞いていた神代《かみしろ》エリカは、何とか笑いだすのをこらえていた。

本当なら、妻の涼子《りょうこ》に知られない「おこづかい」が入るのを期待していたはずである。

まあ、この「やせ我慢」が、クロロックらしいところだ。

K大の二人がクロロックを相手に話を始めたところへ、娘の神代エリカがやってきて、話に加わったのである。

「ありがとうございます！」

めぐみと本間はホッとして、口を揃えて頭を下げた。

「それで、私は何をすればいいのかな？」

と、クロロックは言って、ちょっと考えると、

「ま、当然コウモリに姿を変えるのはやってみせなくてはな。狼にもなるか。それから垂直な壁を這って上り下りするというのも、なかなか見応えがありそうだ」

「そ、そうですね……」

と、本間が無理をして笑った。

「お父さん」

と、エリカが突ついて、

「そんなに学生さんを脅かしちゃだめだよ！　二人とも、『この人、少しおかしい

のかしら？』って心配してる」

「いえ、とんでもない！」

と、めぐみはあわてて、

「とてもジョークのお好きな方だと思っていました」

「まあいい」

と、クロロックも笑って、

「私は、君らにもなじみの深い、トランシルヴァニアの出身だ。現地での吸血鬼伝説について話すくらいのことはできる」

「すばらしいです」

めぐみは目を輝かせて、

「ぜひ話をうかがいたいですね。ええと……エリカさん、でしたか。文化祭においでになってくださいね」

「私の大学も文化祭があるので」

と、エリカは言った。

「できるだけ伺《うかが》います」

「よろしく」

ホッと息をついて、めぐみはハンカチで汗を拭《ふ》くと、

「——そうだわ。クロロックさん、さっきここで話していた女の方、どなたですか?」

「うん? ああ、あれはこのビルに入っている〈Mコミュニケーション〉という会社の人間だ。名前は——何といったかな」

「お父さん、そこに名刺、置いたままだよ」

とエリカが言った。

「分かっとる。しかし、自分の記憶力をためしてみたかったのだ」

と、クロロックは渋い顔で、

「百井妙子《ももいたえこ》という名前だったな」

「百井妙子さん、ですか」

「〈Mコミュニケーション〉の社内報を作っているそうでな」

「そうですか」

めぐみは、本間と目を見かわした。

「あの女の人のことで、何か話したいことがあるんですか？」

と、エリカが訊く。

「いえ……。ちょっと……」

と、めぐみが口ごもる。

「何か言いたいことがあれば、話した方がよいぞ」

と、クロロックは穏やかに、

「我々のように、直接利害関係のない人間になら、話してもよかろう」

クロロックの言葉に、めぐみはホッとした様子で、

「おっしゃる通りですね。じゃ、聞いていただけますか」

と、座り直すと言った。

「実は、この間、川の近くの公園で、あの百井さんって人を見かけたんです」

死の謎

「行ってきます」

隣のホームで手を振る娘の口が動いた。

離れているし。朝の駅は大混雑なので、声は聞こえないのだが、そう言っていることは分かった。

亜矢子《あやこ》も手を振ってみせ、口を大きく動かして、

「行ってらっしゃい！」

と言った。

母と娘の間に電車が入ってきて、お互いの姿を隠した。

南《みなみ》亜矢子は、電車に乗り込むと、少し奥の方へと入った。——亜矢子の降りる

駅は、乗り換え駅なので、降りそこなうことはない。

「奈津《なつ》……」

祈るような思いで、娘の名を呟《つぶや》く。

気をつけてね。無事で帰ってきてね。

——奈津はもう十歳だ。電車通学にも慣れている。

むしろ、今の亜矢子は「事故」以外のことを心配しなくてはならなかった。

「——おはようございます」

オフィスへ入っていくと、亜矢子は課長の谷田《たにだ》へ挨拶した。

「ああ、おはよう」

谷田はお茶を飲みながら肯《うなず》いて、

「どうです？　少し慣れましたか」

「はい、やっと。昔、勤めていたときと同じような仕事が多いので」

と、亜矢子は言って、

「あ、そうそう。今日主人のいた会社に行かなくてはならないんです」

「ああ、いいですよ。亡くなったご主人のこと、何か分かりましたか」

「いえ、それが……」

と、口ごもる。

「そうですか。——ともかく、今は子供さんのことを第一に考えて、元気を出してください」

「ありがとうございます」

亜矢子は、昼から夫の勤めていた会社に行くので、すぐに仕事を始めた。

——夫、南幸男《ゆきお》が川へ身を投げて死んだ、という事実を、亜矢子はなかなか受け入れられずにいた。しかも女と二人で飛び込んだという。

しかし、発見されたのは南の死体だけだった。女の方はずっと流されてしまったか、それとも……。

亜矢子にとっては、夫の死だけでなく、一緒に死のうという女がいたということも、大きなショックである。

しかし、奈津との生活という問題が目の前にあった。夫は三十六歳、亜矢子は三十四歳だったから、家のローンもまだ払い始めたばかり。貯えはほとんどなかった。

奈津が小学校へ入ったのをきっかけに、この会社で働くようになったが、亜矢子だけの収入では、遠からずやっていけなくなるだろう。

夫の葬儀はバタバタとすませ、亜矢子はともかく娘のことだけを考えるようにしていたのである。

「——課長」

と、受付の女性がやってきて、

「K大学の学生さんが、ご面会の約束があると言って……」

「ああ、そうだった」

谷田は肯いて、立ち上がると、

「応接室へ通してくれ。——南さん。一緒に来てください」

「はい」

亜矢子は一旦仕事の手を休めた。

応接室では、大学生の男女が待っていた。

「突然ですみません」

武山《たけやま》めぐみという女子学生が言った。

「K大の文化祭への出展で、スポンサー探しをしておりまして……。以前、私どもの〈怪奇映画愛好会〉に一度広告を出していただいたことが……」

「その件ですがね」

と、谷田が言った。

「ファックスをいただいて、調べてみましたが、あの広告を出したのは、名前はよく似ているが、うちの社ではありませんよ」

「は？」

「その会社は潰れて、今はありません。よく見てください。社名が一文字違うでしょ」

名刺をまじまじと眺めて、

「申し訳ありません！」

と、めぐみは頭を下げた。

「お恥ずかしいです。——本間《ほんま》君、失礼しよう」

「うん……」

「お仕事の邪魔をして、すみません」

そばで見ていて、亜矢子は、めぐみという女の子の方がてきぱきとしていて、男の子は黙っているだけなのがおかしかった。——きっと女の子はいいOLになるだろう。

「まあ待ちなさい」

と、谷田は微笑んで、

「君たちも、わざわざここまでやってきて手ぶらでは帰りにくいでしょう。——僕は、実は怪奇映画の大ファンでね。今どきの気味悪いだけのホラーが大嫌いなんですよ。君らの趣旨には大いに賛成。——ただし、会社としてはお金が出せないので」

谷田は上着から札入れを出して、

「こづかいが乏しいので、大したことはできないが、これを個人的に寄付しましょう」

一万円札を三枚抜いて、テーブルに置いた。

「——ありがとうございます！」

さすがに二人とも声を合わせて頭を下げた。

「でも、何もしないのでは申し訳ないです。せめてこちらの会社のチラシでも……」

「じゃあ、お願いしようか。——そうだ、南さん。文化祭の当日に、K大へチラシを届けてください」

「分かりました」

「本当にありがとうございました！」

学生たちは、何度も頭を下げて帰っていった。

「——課長はやさしいですね」

と、亜矢子は席へ戻りながら言った。

「いやいや、あの二人を見ていると、自分の学生時代を思い出しましてね」

谷田は、ごく普通の中年男だが、出世コースとは縁がないものの、おっとりとして温かい人柄が、ホッとさせるものを持っていた。

「——でも、課長、何のチラシを持っていきましょう？」

と、亜矢子は訊《き》いた。

何しろ、ベビー用品の会社だ。

「うーん……。まあ、女子学生たちも、将来は母親になるでしょうから」

と、谷田は真面目な顔で言った……。


「クロロックさん！　わざわざどうも」

と、百井妙子《ももいたえこ》はオフィスから出てきて、言った。

「いやいや、たまたまこの近くへ来る用事がありましてな」

と、クロロックは愛想よく、

「インタビュー記事の原稿を読んで、手を入れました」

「恐れ入ります」

と、百井妙子は封筒を受け取って、

「あの――編集長がご挨拶を申し上げたいと」

「そうですか。それではちょっとだけお邪魔を」

小さなオフィスだが、ソファは一応あって、クロロックがそこへ通されると、少しして、大分頭の薄くなった中年男がやってきた。

「編集長の半田《はんだ》です」

「これはどうも」

と、クロロックは言って、出がらしのお茶を一口飲むと、

「いや、実は一つお願いがありまして」

「は?」

「K大学の学生に頼まれましてな。ぜひ展示のスポンサーになってくれと」

話を聞いた半田は笑って、

「その手の学生はたくさん来ますよ。いちいち金を出していたらきりがない。うちも、とてもそんな余裕はありません」

「しかし、学生の純粋な情熱は大切にせねば。――どう思います?」

クロロックと目が合うと、半田はフラッとよろけて、

「いや、全く……。おっしゃる通り」

と肯くと、

「日本の未来を支えていくのは、学生諸君ですからな」

「そうそう。きっとあなたなら分かってくださると思っていました」

クロロックの催眠術にかかっているのである。

「では、どうしましょう？　スポンサーとして、百万――いや一千万は出さねばなりませんな」

どうやら、酔っ払うと気が大きくなるタイプらしい。

――〈Mコミュニケーション〉を出るとき、百井妙子が送りに出てきた。

「今度、K大の文化祭に十万円出資いただけるそうだ」

と、クロロックが言った。

「編集長がそう申しましたか？　珍しい！」

「ぜひ使いみちを確認に来てください」

「かしこまりました」

「ではこれで」

クロロックはビルのロビーへ下りると、エリカへ電話をした。

「――へえ！　きっとあの二人、大喜びだよ」

「そうだな。ときに、例の心中のことは分かったか」

「男の方は、南幸男って人。女は結局見つからなかったみたい。――でも、もし本当にその百井さんって人だとしたら、どうして生きてるって言わないんだろ？」

「それは言いにくいだろうな。自分だけ生きのびたとあっては。それに、すぐ救助を求めていれば、男の方も助かったかもしれん。そうなると犯罪になりかねん」

「あ、そうか。――どうする？」

「その南という男のことを、もう少し調べてみよう」

「お父さんが？　珍しいね」

「いつも怠《なま》けとるように聞こえるぞ」

「かなり、それに近いと思うけど」

と、エリカは言った……。

文化祭

「にぎやかね」

と、エリカはK大のキャンパスの中へ入って歩きながら言った。

「——大学とは、かつてはひたすら学問に励むところだったがな」

と、クロロックは首を振って、

「今はまるで遊園地だな」

「文化祭だからよ。いつもこんなじゃないわ」

「でないと困る」

あちこちにテントが出て、お好み焼きだの焼きそばだのの匂いが漂ってくる。

学生たちの間を駆けてきたのは、武山《たけやま》めぐみ。

「クロロックさん！」

「おお、お出迎えか。こう広くては、どこへ行っていいか分からんな」

と、クロロックもニコニコしている。

とてもじゃないが、妻の涼子《りょうこ》には見せられない図である。ともかく猛烈なやきもちやきなのだ。

「おかげさまで、とても充実した展示になりました」

と、めぐみは言った。

「それは良かった。〈Mコミュニケーション〉から入金があったか？」

「はい！ それも、十万円ずつ二回も振り込まれて。ありがたくちょうだいしましたけど、良かったんでしょうか」

「二回？ そうか。――少し効き過ぎたかな」

「え？」

「いや、何でもない。遠慮なくもらっておけばいい」

「はい」

と、めぐみは肯《うなず》いて、

「でも、クロロックさん、〈Mコミュニケーション〉って、あの女の人が……」

「うむ。きっと今日、大学へやってくる。君らは心配することはない」

「はあ……」

――〈怪奇映画愛好会〉の展示は、決して広いスペースではなかったが、充実していた。

「いただいたお金で、DVDを上映する大型テレビを借りられたんです！」

と、本間《ほんま》が顔を真っ赤にして興奮している。

「若い子たちもずいぶん入ってきて、面白がって昔の怪奇映画を見ていきます」

と、めぐみは言った。

「クロロックさんのお話は、この隣の教室です」

「そうか。ちょっと見せてもらおう」

「ええ、どうぞ」

ついていって、エリカはびっくりした。

教室の入り口の前に、クロロックの、ほとんど原寸大(?)の写真パネルが立っているのだ。

「このクロロックさんに憧《あこが》れて、申し込む子も何人もいて……」

と、めぐみは満足げに、

「今のところ、ほぼ満席です」

「お父さん」

と、エリカはクロロックをつついて、

「いつの間にあんな写真――」

「しっ。涼子には内緒だぞ」

クロロックは真顔で言った。

展示の教室内には、古いモノクロの怪奇映画の写真パネルが並んでいる。

「――モノクロってところが味があるね」

と、エリカが言った。

「うむ。古いヨーロッパの空気が感じられるな」

と、クロロックも嬉しげに見入っている。

「このガイコツみたいな顔の人、何？」

「これは〈オペラの怪人〉だ」

「〈オペラ座の怪人〉じゃないの？」

「この映画の方が古いのだ」

「へえ……」

「これは〈吸血鬼〉だ。デンマークの監督、カール・ドライエルが撮った名作だ」

「マントつけてないの？」

「ドラキュラは出てこん」

「あ、そう……」

二人がパネルを見ていると、

「あ、どうも」

と、めぐみの声がした。

「谷田《たにだ》さんに言われて、見に来ました」

「南《みなみ》さんでしたね。その節はありがとうございました」

エリカとクロロックは、ちょっと目を見かわした。

「南亜矢子《あやこ》さんですな」

と、クロロックは自己紹介して、

「これは娘のエリカです」

「どうも。——本当にそういうスタイルでいらっしゃるんですね」

と、亜矢子はクロロックのマント姿を見て目を見開いた。

「ご覧の通り」

「かなり古いものですか？　裾の方が少しちぎれて……」

「いや、これは……」

と、クロロックが咳払いする。

エリカが代わって、

「息子の虎《とら》ちゃんが、まだ小さいんで、ときどきマントをかじるんです」

と言った。

亜矢子は少しポカンとしていたが、やがて声を上げて笑った。

「――失礼しました！　でも、想像するとおかしくて」

「当然です」

「でも……久しぶりに笑いましたわ。夫が亡くなってから、ずっと笑っていなかったような気がします」

「ご主人が亡くなったんですか？」

と、めぐみが訊《き》いた。

「ええ。それも、女の人と川へ身を投げて。――情けない話です」

「それって……」

と、めぐみが言いかけると、クロロックが遮《さえぎ》って、

「どうです、その辺の教室のティールームでお茶でも」

と誘った……。

「学生時代を思い出します」

と、紅茶を飲みながら、亜矢子は言った。

「ご主人とは大学で？」

「はい。大学の先輩でした」

と肯いて、

「まさかこんなに早く別れが来ようとは」

「人生には色々なことがあります」

と、クロロックは言うと立ち上がり、

「私はちょっとこの後の講演の準備がありまして」

「はあ、私も伺《うかが》います」

一人になると亜矢子はホッと息をついた。——何だか気持ちが軽くなった気がしていた。

すると、スーツ姿の女性がティールームに入ってきた。

「あら」

亜矢子は目を見開いて、

「百井《ももい》さん？」

「まあ。——南さんの奥さんですね」

百井妙子《たえこ》はびっくりした様子で、

「どうしてここへ？」

「ちょっとしたご縁で。——百井さんは？」

「私も……」

一緒の机につくと、

「ご主人はお気の毒でしたね」

「ありがとうございます」

「どうして、あんなことが……」

そこへ女子学生が、

「ご注文は」

と、やってきた。

「私も紅茶を」

と言った妙子は、女子学生の、

「やっぱり」

という声に顔を上げた。

「あなた――」

「南さん！　この女の人が――」

と言いかけためぐみは、突然その場に倒れた。

「まあ、どうしたのかしら？」

と、亜矢子が立ち上がって、めぐみのそばに膝をついた。

「若い子にはよくありますよ」

と、妙子が言って、

「急な貧血でしょ。誰か呼んできましょう」

と立って、教室を出ようとする。

「待ってください」

と、声がした。

妙子はゆっくりと振り向いた。

倒れていためぐみが起き上がっていたのである。

「そんな馬鹿な！」

と、妙子は呟《つぶや》いた。

「すまんね。私が邪魔をした」

クロロックが現れて、

「この女の子に催眠術をかけようとしたが、私がそれを防いだ」

「何ですって？」

「言われた通り倒れました」

と、めぐみは言って、

「南さん。ご主人と川へ飛び込んだのは、この女の人です」

「まあ……」

亜矢子は愕然として、

「じゃ、あなたと主人は……」

「関係ないのだ」

と、クロロックは首を振って、

「この百井妙子は、他人を操る力を持っている。しかし、思い通りにならんこともあるのだ。——あんたのご主人と同じビルに勤めているので、時々顔を合わせるうち、ご主人に惚れた。しかし、ご主人は相手にしなかったのだ」

「じゃあ……」

「仕返しだったか。それとも道連れにして心中するつもりだったか、ご主人に催眠術をかけ、川へ身を投げた。——そして自分だけ生きのびたのだ」

「この人が？　——どうして主人を？」

妙子は力なく椅子に腰をおろすと、

「南さんはやさしかった」

と言った。

「私の悩みごとも聞いてくれた。私はてっきり、あの人も私を好きなんだと思ってしまったの……」

「死なせることはなかったでしょ」

と、エリカが言った。

「一緒に——死ぬつもりだった。手に手を取って飛び込んだときは、幸せだったわ。でも、水を飲んで、息ができなくて……。その苦しみの中で、死にたくない、と思ったの」

「ひどいことを……。主人だって、同じように苦しかったのよ！」

亜矢子はつめ寄ると、

「どうして主人を助けようとしてくれなかったの！」

妙子は両手で顔を覆って、呻《うめ》き声を上げると、パッと立ち上がり、正面の窓へと突進した。

窓ガラスを粉々に砕いて、妙子は四階下の地面へと落ちていった……。

救急車が百井妙子を乗せていってしまうと、大学の中はまた元のにぎやかさに戻った。

「——良かったわ」

と、亜矢子が言った。

「下がたまたま花壇で。命は取り留めそうですものね」

「いいんですか、それで」

と、めぐみが訊く。

「ええ。——あの人が死んで、主人が生き返ってくれるのならともかく。これ以上死ぬ人は出なくていいです」

「それこそが一番の復讐だ」

と、クロロックが言った。

「お父さん、そろそろ——」

「あ、そうだ!」

めぐみがクロロックの手をつかんで、

「行きましょう!」

と引っ張っていく。

「――私もお話を伺います」

と、亜矢子は言った。

エリカと亜矢子が、講堂のある教室へとやってくると、

「あれ？　あの写真パネルがない」

と、エリカは周りを見回した。

「――まさか」

廊下の隅に、バラバラにされたパネルがあった。

教室の中へ入ると、クロロックの話は始まっていた。

そして一番前の席で、腕組みしているのは妻の涼子だった……。

吸血鬼は今日も睡眠不足

暁を覚えず

きっちりと閉めた雨戸から、細い光が洩れて筋となって差し込んでいる。

「まだ……」

と、大塚啓吾《おおつかけいご》は呟《つぶや》いた。

あれだけしつこく言ったのに！

仕方ない。――また手直しさせるまで、何とかふさがなくては。

啓吾はパソコンの前から立ち上がると、部屋の隅の棚から、荷造り用のテープを取り出し、雨戸の隙間をふさぐように貼りつけた。

何とか、光は洩れずにすんだ。

「これでよし、と……」

午後になれば、太陽が動いて、日はこっちへ差さなくなる。

ドアの外にスリッパの音がして、

「啓吾ちゃん、ご飯よ」

と、母の声がした。

「分かった。置いといて」

と、啓吾は言った。

廊下にコトンと盆を置く音がした。

「——啓吾ちゃん」

と、母はドア越しに言った。

「私、少ししたら出かけるわ」

「分かった」

「何か欲しいもの、ある？　デパートに寄るけど」

「いや、別に……。のんびりしといでよ」

「夕飯までには戻るから」

「うん、分かった」

母のスリッパの音が遠ざかり、啓吾はそっとドアを開けると、朝食の盆を中へ入れた。

「母さん……」

母さんは、ちゃんと分かってくれる。

そうなんだ。僕と母さんは一心同体なんだからね……。

母、大塚智子《ともこ》と啓吾は、この家に二人暮らしである。

今、啓吾は二十八歳。この家から一歩も外へ出なくなって、いつの間にか十年たってしまった。

高校三年生のとき、志望する大学を、担任の先生が、

「おまえには無理だ」

と言って、受けさせてくれなかったのが、初めのつまずきだった。

その時はまだ父親も一緒に暮らしていて、担任の言葉に、一緒に怒ってくれた。

啓吾は、一ランク下の大学を受けた。合格して、担任の先生へ、

「僕、ここには入りません。浪人しても、志望大学へ行きます！」

と言ってやる――はずだった。

ところが、「一ランク下」の大学に、啓吾は落ちてしまったのである。

担任が、「それ見ろ」と笑っているに違いない、と思うと、学校へ行けなくなった。

クラスの友だちも、

「あいつ、口ばっかりだな」

と言って、馬鹿にしているだろう……。

啓吾は、いくら父に叱られても、家から出なくなった……。

「やっぱりおいしいや」

母の作った朝食を食べ、啓吾はそれから寝る。朝食の盆は部屋の前に出しておく。

真っ暗にした部屋で、啓吾はベッドに潜り込んだ。

ああ。――何て心地いいんだろう。

このままでいい。何十年でも、母さんと二人なら……。

——啓吾が家から出なくなって三年後、父親は、

「おまえが甘やかすからだ！」

と、母親と大ゲンカをした……。

それ以来、啓吾は母、智子と二人である。

「母さん……」

そうだ。母さんは、僕が生きてる限り、元気でいてくれる。そうに決まってる……。

啓吾は今日もぐっすりと寝入った。

そして——目が覚めると、もう夜になっていた。

「母さん？」

ドアをそっと開けてみたが、階下は真っ暗で、智子が帰宅した様子はない。朝食の盆もそのままになっている。

パソコンを見ると、もう夜の九時を過ぎていた。

「遅いな、母さん……」

こんなことは初めてだ。夕飯までに帰ると言ってたのに。
啓吾は不安になった。
どうしよう……。母さんに何かあったら……。
十時を過ぎると、不安でたまらなくなった。
交通事故にあったとか、火事に巻き込まれたとか、そんな想像ばかりが浮かぶ。
「母さん……」
そのとき、思いついた。
もしかして、あのバッグを持っていっただろうか。
啓吾はFMの受信機のスイッチを入れた。
周波数を合わせる。——だめか。
そのとき、車の音や人のざわめきが聞こえてきた。
「やった！」
——智子のバッグの一つに、超小型マイクを仕掛けたのだ。
一時、智子が男性と付き合っていたことがあって、啓吾はそれが許せなかった。

そのとき、智子の行動を見張ろうと、マイクを仕掛けたのである。

やがて男とは別れたようで、啓吾はホッとした。そしてマイクはそのままになっていたのである。

「どこ歩いてるのかな?」

音だけでは分からないが、聞いていると、周囲が静かになってきて、智子の足音だけが、コツコツと聞こえていた。

きっと家へ帰ろうとしてるんだ。

啓吾は聞いていたが……。

足音が止まった。そして、何かガサガサという音。

何だろう?

それきり、何も聞こえなくなった。

時々、何かこするような音がしているので、マイクは入っている。——どこかでじっとしているみたいだ。

何してるんだろう……。母さん……。

ずいぶん長く感じたが、実際は十分くらいのものだった。

足音が聞こえた。智子のではない、遠くから近づいてくる感じだ。かなりせかせかと、急いでいるようだった。

その足音が近づいてきたとき——。突然ガサッと大きな音がした。

「キャッ！」

と、女のびっくりした声。「——何ですか？」

少し間があって、

「何するの……。やめて……。やめてください……」

女が怯《おび》えた声で言った。——何だろう？

「やめて……。助けて！　誰か——」

女の叫び声は途切れた。マイクに、何かぶつかる音が入った。

「助けて……」

女の声は、かすれて消えた。

え？　何だ、今の？

啓吾は、呆然として、じっと聞き入った。

ガサゴソ音がして、やがて智子のものらしい足音が聞こえてきた。

しばらくすると、玄関で物音がして、

「ごめんね、遅くなって！」

と、いつもの智子の声がした。

「啓吾、怒ってる？」

トントンと階段を上がってくる音。

啓吾はあわててＦＭ受信機のスイッチを切った。

「啓吾？」

「うん」

立っていって、ドアを開ける。いつもの母の笑顔があった。

「お帰り」

「ごめんね！　待ち合わせた相手が時間を間違えてて」

「うん、いいよ。僕、ついさっきまで寝てたんだ」

「そうなの！　良かった！　お弁当の、とっても高級なの、買ってきたのよ。食べる？」

「うん。食べるよ」

「すぐ持ってくるわね！」

智子は急いで階段を下りていった。

啓吾は、パソコンの前に座った。

あの女の悲鳴……。あれは一体何だったんだろう？

「何か変わったこと、あった？」

階下から、智子が訊《き》いた……。

相談相手

「あ、エリカさん！」

と、赤いコートが揺れた。ピョンピョン飛び上がりながら手を振っているせいだ。

「ごめん、待った？」

神代《かみしろ》エリカは、小走りに駆け寄った。

「ううん、ほんのちょっと」

と、倉林沙也《くらばやしさや》は首を振って、

「ごめんね、急に呼び出して」

「いいけど……。どうしたの？」

と、エリカは言って、

「ともかく、お茶でも飲も」

と、高校時代の友だちの肩を叩いた。

昼下がり。――冬もそろそろ終わろうというころである。

明るいティールームに入って、二人は〈アフタヌーンティーセット〉を一つ取り、一緒につまんだ。

高校で一緒だった倉林沙也は、医者を目指して医学部に進んでいた。

「沙也、心配ごと？」

と、エリカは訊《き》いた。

「昨日の電話の声、普通じゃなかったよ」

「うん……」

と、沙也は紅茶を飲んで、

「ちょっとね……。一緒に訪ねていってほしい所があるの」

「訪ねて？　もしかして彼氏とか？」

「そうじゃない。男の人だけど、彼氏とか、そんなんじゃないの」

「それじゃ――」

「実習のときに会った人でね。今二十八なんだけど。――『会った』とは言えないかな、正確には」

「どういうこと？」

「その人、もう十年、引きこもってるの」

「へえ……。十年？　十八からってこと？」

「そういうことね。そこのお母さんが、心療内科の先生を訪ねてきたの。息子さんのことを聞いて、私にメールでやりとりするように先生が言ったのよ」

「なるほど」

「大塚啓吾《おおつかけいご》っていう人だけど……。何度かメールのやりとりはしたけど、あんまり気がないみたいでね。私もそのうち、やめちゃった。――それきり、その人のことは忘れてたんだけど、昨日突然メールが来たの」

「何て言ってきたの？」

「どうしても会って相談したいことがある、って。何だか必死って感じでね」

「じゃあ……その人と会うの？」

「うん。エリカのこと、思い出して。一人じゃ心細かったから。——一緒に行ってくれる？」

「それはいいけど……。でも、どこで会うの？」


その家の玄関前で、沙也はケータイを取り出して、

「その人にかけるね」

とボタンを押した。

「——もしもし。大塚啓吾さん？　倉林です。今、お宅の前に。——え？　——分かりました」

「何だって？」

と、エリカが訊いた。

「鍵、かかってないから、入ってくれって」

「へえ……」

　確かに、鍵はかかっていなかった。中へ入ると、

「二階に上がってきて」

　と、階段の上から声がした。

　沙也とエリカは階段を上がった。

　閉まったドアの前に、食べ終わった食事の盆が置いてある。

「大塚さん？」

　と、沙也が声をかけると、

「ドア、開けないで！」

　と、中から声がした。

「そこで話を聞いてほしいんだ」

「え？　でも――」

「お願い。僕は母以外の人と十年間会ってないんだ。顔を見たら、話せなくなる」

ドア越しの声を聞いていたエリカが、

「ちょっと、あんた！」

と、怒鳴った。

「だ、誰だよ？」

「あの——一緒に来てもらったの。友だちで、神代エリカさんっていう……」

「僕は倉林さん一人に来てくれって頼んだんだ。帰ってもらってくれよ」

「甘えんのもいい加減にしな！」

と、エリカは腰に手を当てて、

「何の義理もない人間を自室へ呼びつけといて、顔も見せずにものを頼もうっての？　ふざけんじゃないわよ！　——沙也、帰ろ」

「エリカ——」

「人間としての礼儀も守れない奴なんか、助けてやることない！　行こ」

すると、中から、

「待って！」

と、あわてた声がして、

「分かったよ……。怒らなくたっていいだろ」

少しして、ドアがそっと開いた。

おずおずと覗く目が、エリカたちを見る。

「――どっちが倉林さん？」

「私。――初めまして」

「どうも……」

ドアがゆっくり開く。

「何だ、普通じゃない」

と、エリカが啓吾を眺めて、

「髪もひげも伸び放題の仙人みたいなのかと思ってた」

「君、デリカシーのない人だね」

と、啓吾が言った。

「相談に乗ってやろうって気はあるよ。ここまで来たんだから。――お客にはお茶ぐらい出しなさい」

「お茶？」

「お菓子まで出せとは言わないから」

――結局、一階に下りた啓吾は、台所でお湯を沸かし、二人にお茶を出した。

「こんなことするの、十年ぶりだ……」

「やればできるじゃない。それで話って？」

「あの……母さんのことで」

「『母』と言いなさい」

「え？」

「『母』。日本語、分かるんでしょ」

「うん……」

「自分の親のことを、いい年して『お父さん、お母さん』って呼ぶのは恥ずかしい。高校生以上は『父、母』と言うの」

啓吾はエリカを眺めて首をかしげ、

「君——学校の先生？」

と訊いた……。

「それって……」

と沙也が言った。

「おたくのお母さんが、人を襲ってる、ってこと？」

「分からないから、相談したかったんだ」

と、啓吾は言った。

「でも、そういう事件が実際にあったの？」

と、エリカが訊いた。

「同じようなことが二度続いて、でもニュースとか見ても、人が殺されたとか、この近くでなかったんだ。それで僕も、まさか、って思ってた。ところが三日前に——やっぱり若い女の悲鳴がＦＭで聞こえてきて……。そしたら、ここから歩いて十五分くらいの公園で、ＯＬが殺されたってニュースでやってたんだ」

「それで心配になったのね」

と、沙也は言った。

「誰に相談していいか分かんなくて……。メールの記録、ぼんやり見てたら、倉林って名前が出てきて、思い出したんだ。確か医学生だったたし。話を聞いてくれるかな、と思って……」

「お母さんに直接訊いてみたの？」

「訊けるわけないだろ！　バッグにマイクしかけてるなんて、分かったら母さん――母が怒るだろうし」

「でも、もし本当なら犯罪じゃない」

「警察になんか届けられないよ。母さんを刑務所に入れるなんて――。あ、母を……」

「もういいわよ。でも、私たちが調べて、本当にお母さんが人を襲ってるとしたら？」

「うん……。そこまで考えてなかった」

「呆れた」

と、エリカは首を振って、

「お母さんがもし捕まったら、あんた、どうするの？」

「どう、って……」

「外へ出ないんじゃ、生きてけないわよ。食事こしらえてくれる人もいない」

「うん……。きっと、そんなことないんだよ。そう信じてる」

「お母さんは働いてらっしゃるの？」

と、沙也は訊いた。

「そのはずだけど」

「どういうこと？」

「毎日、ちゃんと出かけてくし、こうして生活もしてるから……。ただ、一度、体調が悪くて、母さんの会社に電話したことがあるんだ。ケータイがつながらなくて。でも、『その人は一年以上前に辞めました』って言われて……」

「お母さんは何て？」

「怖くて訊けなかった」

と、啓吾は言った……。

殺人現場

「ここが殺人現場か」

と、フォン・クロロックは言って、公園の中を見回した。

エリカの父、フォン・クロロックは由緒正しき吸血族。ヨーロッパから日本へ逃れてきて、日本の女性と結婚、エリカが生まれた。

今は〈クロロック商会〉という会社の雇われ社長。

見たところは、映画の吸血鬼さながら、颯爽《さっそう》としているのだが、我が家では若い後妻の涼子《りょうこ》と、一子虎《とら》ノ介《すけ》を相手に「マイホームパパ」である……。

「まだ血の匂いがするな」

と、クロロックは言った。

住宅地の中の公園としては広くて、今、昼間には、子供連れのお母さんたちがベンチでおしゃべりしている。

植え込みの片隅に、ひっそりと花束が置かれていた。そこが現場なのだろう。

「殺されたのは、桐谷《きりや》かおりっていう、二十八歳の女性だって」

と、エリカはメモを見て、

「家庭用品のセールスをしてたって新聞にあったわ」

「ここは、駅からの帰りには近道だな」

と、クロロックは言った。

「新聞にも出てたわ。近道なんで、この公園を通り抜ける人が多い、って」

「そこを襲われたのか」

「夜十時過ぎだっていうから、他に人がいなかったんでしょうね」

「しかし、その――大塚啓吾《おおつかけいご》といったか。二十八歳で、家に閉じこもっとるとはもったいない！　私など、若いころはきれいな娘を毎日追いかけ回していたぞ」

「変なこと自慢しないで」

エリカが苦笑した。

すると——子連れの母親とはまるで雰囲気の違う三人が、公園へ入ってくると、花束の置かれた所で足を止めた。

「ここだな」

と、立派な花束を手にしたスーツにネクタイの男性が言った。がっしりした体格で、三十代半ばというところか。一緒に来ているのは二人の女性。どちらもスーツ姿で、四十代か五十前後か。

男性が花束を並べて置くと、背筋を伸ばし、それから合掌した。一歩退がった所で、二人の女性も手を合わせる。

「——桐谷君は誰からも好かれてましたね」

と、男性が言った。

「本当に気の毒なことをしました」

「そうですね。犯人が早く見つかるといいですわ」

髪を赤く染めて、少し派手な感じの女性がそう言って、もう一人の方へ、

「大塚さんは、この辺なのよね、自宅?」

と訊《き》く。

大塚? では、あれが……。

「ええ。歩いて十五分ほどの所です」

「大塚さんもここを通るんですか?」

と、男性が訊いた。

「ええ……。遅くなったときは、少しでも早く帰りたいですから」

「そいつは危ない。少し遠回りでも、安全な道を行って下さいよ」

「用心していますわ」

すると、クロロック、何を思ったのか、その三人の方へと歩み寄って、

「失礼だが、大塚啓吾君のお母上ですかな?」

と、話しかけたのである。

黒いマントをまとった「変な外国人」が日本語で話しかけてきたのだから、三人とも面食らっている。

「啓吾の母ですが……」

「いや、お目にかかれて良かった！」

「はあ。あの……」

「私はフォン・クロロックと申します。娘のエリカが、啓吾君と親しくさせていただいておりますので」

エリカはびっくりして、「冗談じゃないよ！」と言おうとしたが、クロロックは構わず、

「一度ぜひ、親ごさんにお目にかかって、ご挨拶したいと思っておりました。幸い、今は仕事の途中、この辺へ参りましたので、お宅へ立ち寄ろうとしていたところで」

「は……。あの、エリカさん……ですか。息子とお会いになったことが？」

「え……。まぁ……先日、ちょっと」

と、エリカは仕方なく言った……。

「──お母さん？」

二階から声がした。

「啓吾。お客様よ」

と、大塚智子《ともこ》は言った。

「お客って？」

エリカは階段の下から、

「お客よ！」

と呼んだ。

ドアが細く開くと、啓吾がエリカを見て、

「あ……」

「早く下りてらっしゃいよ。ご挨拶しなさいな」

玄関から、クロロックと、他の二人もゾロゾロ入ってきた。

「だけど……」

啓吾が部屋の中へ引っ込みかけると、

「下りてらっしゃいよ、啓吾さん」

エリカがやさしい口調で言ったが、見上げる目つきは、「言うこと聞かないと、ただじゃおかないよ！」と言っていた。

「——分かったよ」

と、啓吾は渋々階段を下りてきた。

「啓吾、お母さんが仕事で一緒の方たちよ」

智子は息子が下りてきて、

「どうも」

と、会釈《えしやく》するのを見て目を丸くしていた。

エリカが、

「これはうちの父」

「ほう。君が啓吾君か」

クロロックが握手をする。

「ね、啓吾さん、あなたお茶いれるの、上手よね。皆さんにお茶出して」

エリカに言われて、

「分かった……」

と、台所へ行く我が子を、智子はただ呆然と見送っていた……。

「――三橋昭夫《みつはしあきお》と申します」

と、スーツにネクタイの男性は言った。

「〈K信販〉の営業所長をやっています。こちらの会田《あいだ》さん、大塚さんは、うちの営業所のベテランで……」

「ベテランは会田さん」

と、智子が言った。

「私はまだ一年足らずですもの」

「会田その子と申します」

と、もう一人の女性が言った。

「この所長の下で、桐谷さんも働いていました。今日はせめてお花でも現場に供えようということで……」

エリカは台所でお湯を沸かしている啓吾のそばへ行って、

「手伝おうか？」

と、声をかけた。

「いいよ。どうしてこんな……」

「しっ。小さい声で。――私だって、来たくて来たわけじゃないわよ」

「どうせなら、倉林《くらばやし》さんが良かった。あの人はやさしいからな」

「ぜいたく言うんじゃないの。あんたが頼んだから、例の公園に行ったんじゃない」

「母さん、セールスなんかしてたんだ」

「親のことぐらい、知っときなさい。――はい、お茶の葉」

「俺がやるよ」

「おいしくいれてね」

エリカが居間へ戻ると、智子が、

「あの子、本当にお茶を？」

「ええ。お茶いれるのが大好きですって」

「まあ……。エリカさんのおかげですわ」

と、智子は目に涙を浮かべている。

「ところで、犯人の見当はついているんですか?」

と、クロロックが訊いた。

「いや、さっぱりのようです」

と、三橋が言った。

「恨みを買うような人じゃなかったのですが……」

「この辺に住んでたんですか」

と、エリカが言った。

「いえ、そうじゃないので、そこもふしぎなんです」

と、会田その子が言った。

「でもあの道が近道と知っていたってことですよね」

「この家に用があったんじゃ?」

と会田その子が言った。

「まさか！　だって、桐谷さん、この家なんか知ってるわけないし」

「——お茶、どうぞ」

啓吾が盆にお茶碗をのせてやってきた。

「啓吾……。ありがとう」

智子は胸が一杯という様子だった。

「啓吾さん、あなたも座ったら？」

「いや僕は……」

「啓吾さんに会いに来たんじゃないわよね」

エリカに言われて、

「まさか！」

「結構もてるのかと思ったのよ」

と、エリカはからかった。

啓吾がいやな顔をして、エリカをにらんだ……。

表と裏と

「おや、先日の――」

と、クロロックが声をかける。

「まあ！　偶然ですわね」

と、足を止めた会田《あいだ》その子が嬉しそうに、

「ええと……クロ……クロ……」

「クロロックです」

「あ、そうでしたわ。ごめんなさい！　この年になると憶えが悪くて」

と、会田その子は照れ笑いをした。

「いかがです？　せっかくこうしてお目にかかったのだ。そこでお茶でも？」

「まあ、でも……お忙しいのでは？」

「なに、世に社長ほど暇な仕事はありません」

クロロックは、会田その子をホテルのティーラウンジへ案内した。

少し遅い昼だったが、アフタヌーンティーのセットを注文し、

「交際費で落としますから、ご遠慮なく」

そう言われると、会田その子は、

「本当言いますと、お昼をまともに食べていませんの」

と、三段になったアフタヌーンティーのセットが運ばれてくると、アッという間にサンドイッチとスコーンを平らげてしまった。

「お恥ずかしい」

「いや、ちゃんと召し上がってください」

と、クロロックはコーヒーを飲んで、

「あの三橋《みつはし》という所長さんはずいぶん若い方ですな」

「ええ。今三十五歳です。男らしくて、すてきな人でしょ？」

「女性社員に人気が？」

「もちろんです。でも、営業所は女ばかりですから、唯一の男性、三橋所長は気をつかって大変なんです」

「なるほど」

「中の一人をひいきにすることは許されませんし、もちろん、二人きりで食事したりお茶を飲んだりしたら大変なことになります」

「すると、そういう決まりを破る人がいたら大騒ぎでしょうな」

「ええ、そうなんです」

会田その子は即座に肯《うなず》いた。

言いたいことがある、と顔に書いてある。

「もしかすると、殺された桐谷《きりや》かおりさんが……」

「よくお分かりですね！」

分からない方がどうかしている。

「三橋さんはそう思っておられなかったようですが？」

「ばれてないと思ってるんです。とんでもない話ですわ」

「すると、二人は個人的にお付き合いが？」

「みんな知っています。帰りにこっそり待ち合わせていたこと。そのままホテルに直行したんでしょう」

と、会田その子が顔をしかめて、

「汚《けが》らわしい！　仲間を裏切って。殺されても、内心では誰も悲しんでなんかいませんわ」

——会田その子が先にティーラウンジを出ていくと、少し離れた席で、背を向けて座っていたエリカがクロロックのテーブルへやってきた。

「聞こえたか？」

「もちろん。——恐ろしいわね！」

「帰りに待ち合わせていた、というのも、二人でホテルへ、というのも、誰も見ていない。どっちも想像だ」

「でも本気で信じてるわ」

「若い女が一人、仲間に入ってきたことが許せないのだな」

「でも、なぜあの公園にいたのかしら？」

「それは大方……」


「まあ、エリカさん！　この間はどうも」

と、大塚智子《おおつかともこ》は嬉しそうに小走りにやってきた。

「お仕事中に申し訳ありません」

「いいえ。セールスの仕事なんて、こうして時々息抜きをしないと、やっていられませんわ」

同じティーラウンジに来てもらったのである。

「啓吾《けいご》君はどうですかな？」

と、クロロックが訊《き》くと、

「ええ！　あれ以来、食事はちゃんと下りてきて一緒に食べますし、近くのコンビニへ出かけたりしています。エリカさんのおかげですわ」

「いえ……」

「ところで大塚さん。殺された桐谷さんのことですが……」

「私、あのときは言えませんでしたが……」

と、智子は不安げに、

「実は彼女、うちに来ようとしていたのだと思います」

「何か用事があってのことでしょうな」

「私に悩みを聞いてほしいと……。同じ営業所の人たちから、ひどく嫌われていたんですの」

「理由はあの三橋という所長ですか」

「はい。桐谷さんは営業所の女性たちの中でも、飛び抜けて若くて可愛い人でした。そのせいで……」

「分かります」

「でも、噂になっているようなことは決してありません。むしろ、桐谷さんは気をつかって、所長にあまり話しかけないようにしていたくらいです」

「その件で話を？」

「私はまだ一年目で、話しやすかったんでしょうね」

と、智子は言って、

「でも誰があんなことを……」

と、ため息をついた。

「一つ伺《うかが》っても？」

と、エリカが言った。

「ええ、もちろん」

「桐谷さんはあの公園が近道だと知ってて通ったんでしょうか？　お宅への道を説明するときに、そうおっしゃったんですか？」

そう訊かれて、智子は初めて気づいた様子で、

「そう言われてみれば……。夜、訪ねてくるということでしたから、やっぱり安全で分かりやすい道を、と思って広い通りの方を教えました」

「じゃ、どうしてあの公園を?」

「——分かりませんわ」

と、智子は首を振った。

「それと、もう一つ。今お使いのバッグはいつもそれですか?」

「え?」

智子は当惑顔で、

「これですか? 仕事用はどうしても大きくなってしまうんです」

「まだ新しいですね」

「ええ。——前、使ってたバッグを、盗《と》られてしまって」

「まあ」

「営業所の飲み会があって。——部屋を借りてたんですけど、全員が隅にバッグをまとめて置いといたら、何だか途中で酔った男の人たちが数人、部屋へ入ってきて」

「それは——」

「女ばかりでしょ。所長以外は。それで向こうが面白がったようなんです。そのゴタゴタの後、バッグが三つ四つ盗られていたんですの」

「警察へは？」

「届けました。結局お店の裏にバッグの中身が捨ててあって、バッグだけ持っていかれたんです」

「戻らなかったんですね」

「ええ。でも、私にとっては、手帳やケータイの方が大切でしたから。中身が戻って良かったんです」

エリカとクロロックは顔を見合わせた。

危険信号

「もしもし。啓吾《けいご》」

「母さん、どこから?」

と、啓吾はパソコンの前に座ってケータイを手に取って言った。

「まだ営業所なの。どうしても欲しい資料があって。ごめんね。遅くなって」

「いいよ。さっきパン食べたし」

「じゃ、これから出るわ。——三十分くらいしたら、お鍋を温めといてくれる?」

「うん、分かった」

と、啓吾は言って、

「静かだね。誰もいないの?」

「ええ、もうみんな帰ってるわ」

「じゃ、気をつけて」

「ええ。なるべく急いで帰るわ」

「母さん！」

「何？」

「近道だからって、あの公園、通らないでね？」

「分かったわ。明るい道を通るから」

「うん」

「じゃあね」

――啓吾は少しホッとした。

母が働いていることも分かったし、遅くなるのも仕事のせいだと知って安心できた。

でも――あのバッグの「声」は何だったんだろう？

あれ以来聞こえないけど。

啓吾は、ＦＭ受信機のスイッチを入れてみた。——もう電池が切れているのかもしれない。

「何も聞こえないな」

と、スイッチを切ろうとしたとき、ガチャッと音がして、誰かの気配があった。

ガタゴト音がしているが、人の声や足音は聞こえない。

何だろう?

じっと聞いていると、突然、

「何してるんです?」

と、男の声がした。

この声……。どこかで……。

「あ、すみません」

と、母の声がした。

「ちょっとファイルを探してて」

「ファイルというと?」

「あの――入社のときに書いた身上書です」

「それが何か？」

「あそこに、家への道順を図で描いたと思うんですけど、それが見たくて。所長さん、どこにあるかご存知ですか？」

所長か！　あの三橋《みつはし》って男の声だ。

「それなら、隣の青いファイルですよ」

「すみません、ちょっと見たくて――」

そのとき、マイクが大きな音をたてた。

しばらく間があって、

「――所長さん」

と、智子《ともこ》が言った。

「これ……私のバッグですね」

「そうですよ」

「どうしてこの戸棚に？」

「簡単ですよ。僕が盗んだからです」

三橋の口調は変わっていた。

「――所長さんが?」

「あなたはやさしい、いい人だ」

と、三橋は言った。

「しかし、ここの人たちは、あなた一人に僕の感謝を伝えることさえ許さない。僕は、あなたの物を何か持っていたかったんです」

「だったら、何も――」

「大塚《おおつか》さん。――いや、智子さん。あなたはなぜその地図を?」

「私――自分がどう描いたか、憶えていなかったんです。もしかしたら、あの公園の近道を描いたかと思って……」

「そうですよ」

「やっぱり? じゃ、桐谷《きりや》さんはこの地図を見て、あの公園を抜けようとしたんですね!」

「僕がコピーして桐谷君に渡したんです」

「所長さん……」

「あなたは僕にとって母親のような存在だった……。でも、桐谷君は……」

「あなたは……桐谷さんを……」

「彼女は、わざと所内では僕につれなくした。――他の女たちの手前、そうしているんだと思ってた。本当は僕を愛してくれてると……」

「それは違います」

「ええ。――分かってますよ。でも、そう分かったとき、僕は引き返せなくなっていた」

「まさか……」

「地図をコピーして渡したとき、桐谷君はわざわざ僕の目の前で、あの公園に印をつけたんですよ。僕にそれとなく伝えてるんだと思いました。ここで待っててくれ、と」

「それで公園へ？」

「彼女に拒まれるのが怖くて、あなたのそのバッグを持っていきました。あなたが力づけてくれるような気がして」

「でもどうして――」

「突然、暗がりから出ていったんで、びっくりしたんでしょうね。彼女は叫び声を上げた……」

三橋はため息をついて、

「どうしてどの女も叫び声を上げるんだろう？　僕はやさしい男なのに……」

「他にも？」

「逃げられてしまうんですよ、いつも。でも桐谷君は僕だと分かったので、逃げなかった。逃げてくれてたら……」

と、首を振って、

「僕は、彼女が逃げないので、僕の言うことを聞いてくれると思った。でも、抱きしめようとしたら、急に僕を引っぱたいて……。女なんて、みんなああなんですかね」

「どうして殺したんです」

「殺す気なんかなかったんですよ。人の気配がして、桐谷君が大声を出したので、あわててしまって……。茂みへ引っ張り込んで、口をふさいでたんです。——人が通ってから、気がつくと、彼女は息をしてなかった……」

「所長さん……」

「あなたも、きっと叫ぶんでしょうね」

「やめてください……」

——啓吾が青ざめた。

「母さん！　逃げろ！」

と叫んだが、聞こえはしないのだ。

「所長さん……。しっかりしてください！　私は……」

「あなたも僕の母じゃない。ただの女なんだ！」

何かの倒れる音。壊れる音。

「やめて！」

「逃げられませんよ。ここには僕らしかいない」

畜生！　啓吾は拳を握りしめて、

「やめろ！　母さんに手を出すな！」

と、叫んだ。

そのとき——。

「誰だ？——あんたは……」

「罪を償うのだ」

と言ったのは……。

「クロロックさん！」

と、智子が言った。

「邪魔するな！」

と、三橋が怒鳴った。

そして——激しく物のぶつかる音が繰り返し聞こえて……。静かになった。

啓吾は、じっと息を殺して、何か聞こえるのを待った。

すると、

「啓吾君。お母さんは大丈夫よ」

と、エリカの声がした。

「もう、隠しマイクなんか仕掛けないことね」

啓吾はホッとして、しばらく椅子から立てなかった……。


「エリカさん、ありがとう」

と、倉林沙也《くらばやしさや》が言った。

「ま、役に立って良かったわ」

と、コーヒーを飲みながら、エリカは言った。

「その後、啓吾君とは？」

「ええ、ちょっと……」

と、沙也は口ごもって、

「エリカさんのおかげだって、彼も感謝してる」

「そんなことはいいけど、外出するようになったの？」

「それで——。あ、ごめんなさい。ちょっとこれから出かけるんで」

「沙也——」

沙也が急いで喫茶店を出ていく。

エリカは、表に立っているのが、何と啓吾なのを見てびっくりした。

沙也が啓吾の方へ駆け寄ると、二人は手をつないで歩きだした。

「——いつの間に？」

エリカは呆れて見送ると、

「恩知らず！」

と、むくれて、

「コーヒー代くらい払ってけ！」

解　説

いぬじゅん

子どもの頃は団地に住んでいました。同じ建物が何十棟と並んでいたため一般道へ出るのも大変で、右へ左へと迷路のような小道を歩いた記憶があります。当時、楽しみだったのは、週に一度巡回していた移動図書館。小型バスの中には本がぎゅうぎゅうに詰め込まれていてまるで夢の箱のようでした。巡回日になると団地の窓から今か今かと待ち続けていました。

小学三年生の夏、一軒家を購入することが決まり隣町へ引っ越しをすることになりました。近くに書店がなく移動図書館もルートに入っていないというダブルパンチ。マイホームを手に入れたと歓喜する両親の横で絶望的な気分で佇《たたず》んだことを今も夢に見ます。

新しい地での生活も落ち着いてきたある日、父親の部屋を探検している際に大きな本棚を見つけました。そこには赤川次郎という名前が書かれている本たちがずらりと私を見下ろしていました。

なにげなく手に取った一冊が、今も忘れられない『夜』（角川文庫）という作品です。それまでは『おしゃべりなたまごやき』（理論社）や『学習漫画 日本の伝記』シリーズ（集英社）等のイラストがたくさん描かれている本ばかり読んでいた私が、ついに大人小説のデビューを迎えました。

しかし、この『夜』という作品は小学生の私にとってあまりにも強烈な内容でした。冒頭一ページ目、主人公の女性が不倫しているシーンからはじまるのですから。それまで〈主人公＝正義の味方〉が当然だと思っていた私にはあまりに強烈で衝撃的な出だしでした。大きな地震により小さな町につながる橋が断絶され、夜になると不気味な怪物が出てくるという展開にも驚きました。

今でも、講演会で「好きな小説をひとつ挙げるとすればなんですか？」の質問には「赤川次郎先生の『夜』です」と必ず答えています。

本棚にある赤川先生の本を読み終えるたびに、「読んだよ」と父に声をかけました。普段は寡黙《かもく》な父でしたが、その時だけは作品の感想を途切れることなく話してくれた記憶があります。当時の私にはどんなに考えても出てこない考察にハッとさせられることもしばしば。時折、父が仕事帰りに買ってきてくれる赤川先生の作品を心待ちにしていた子供時代でした。

中学生になる頃にはすっかり「赤川次郎中毒」（良い意味で、です）になった私は、両親に「赤川先生の本を全部集めるので、通知表の5の数でお小遣いを決めてほしい」と懇願。出来の悪かった私に両親は「この子もついにやる気になったのか！」と両手を叩いて大喜びし、学年ごとのレートを提示してきました。交渉は深夜にまで及び、ついに私の赤川先生コレクションが幕を開けたのです。

そこからは勉強にいそしむ日々。一学期の通知表を見た母親は驚きのあまり親戚一同に電話で歓喜の報告をするほどでした。（後日レートの変更を申し込まれましたが、頑として断りました！）

過去作をすべて買い揃え、毎月のように発売される新刊を心待ちにしている私は、よく行く書店で「赤川次郎ファン」として認知され、バイトの子にまで「今月号のCobalt取っておいたよ」とひいきされるほどになりました。寝ても覚めても赤川作品に魅了され続けた私は、なぜ赤川先生の書く文章はこれほどまでに映像として頭に浮かぶのか、と考えるようになりました。結果として、大学では外国語学部の日本語学科に所属し言葉の勉強をするほどにまで。

当然、「吸血鬼」シリーズも例外ではありません。コバルト文庫のチョコレート色の背表紙と、長尾治《ながおおさむ》先生のイラストを血眼《ちまなこ》になって探しました。

吸血鬼の末裔《まつえい》であるフォン・クロロック元伯爵、その娘であるエリカを中心に巻き起こる事件は、私の想像していた吸血鬼とはあまりに違いました。最初の出だしこそ吸血鬼っぽかったクロロックも、徐々に人間社会に馴染み今では雇われ社長！かっこいいのにとぼけていて、人間とのハーフであるエリカに容赦なくツッコミを入れられている姿はまるで親子漫才のよう。けれど、いざとなるとふたりは超能力を駆使して（たまには必死で走り回って）事件を解決するのです。

『吸血鬼と死の花嫁』の解説で山浦雅大《やまうらまさひろ》さんが書かれていましたが、私も歳を重ねるごとにフォン・クロロックのカッコよさを改めて実感しているひとりです。普段はとぼけていて、絶体絶命のピンチの時には颯爽《さっそう》と現れ、けれどマントは虎ノ介《とらのすけ》にかじられていて。大人が憧《あこが》れるヒーローってこういう人だよね、と読むたびにため息がこぼれます。

赤川先生の作品にはくすりと笑うユーモアミステリーが数多くありますが、声をあげて笑ってしまう回数が多いのは何といってもこの「吸血鬼」シリーズでしょう。作中にいきなり登場する赤川先生のツッコミは最高です。

シリーズ第二十九作にあたる『吸血鬼心中物語』は、これまでと一味違います。まずタイトルがすべて漢字のみで構成されているのです！（『吸血鬼株式会社』があるじゃないか、というご意見もあると思いますが、コバルト文庫のタイトルからの改題なので大目に見てください）

そして何よりも大きな特徴は、エリカの親友である大月千代子《おおつきちよこ》と橋口《はしぐち》みどりが出てこないのです。涼子《りょうこ》の登場も一瞬で、虎ノ介にいたってはマントのくだりで名前が出てくるだけ。あくまで主役であるエリカとクロロックに焦点を当てた〈特別編〉的物語になっているのです。

「吸血鬼たちの休暇旅行」では、山の上に建つ温泉ホテルに閉じ込められた中での連続殺人。電話も通じず外部と連絡が取れないという絶体絶命のピンチに陥《おちい》ります。まさしく私が最初に読んだ『夜』にも通じる設定に、読みながら「ありがとうございます！」を連呼しました。

ちなみに私は小説家をしておりますが赤川先生以外の作品はほとんど読んでおらず、あえて読むとすればクローズド・サークルものばかりです。これも『夜』の影響が大きいのでしょう。

「吸血鬼心中物語」は、エリカとクロロックが奇妙な心中事件に挑みます。

「女の子が〈ホラー映画〉なんて！」

と言う母へ、

「〈ホラー映画〉じゃないの！〈怪奇映画〉なの！」

と、めぐみは言い返した。

ここのやり取りには思わずニヤリとしてしまいました。同一のものとして捉《とら》えられがちなふたつに対し、「いや、違うんだ。怪奇映画は格式あるゴシックロマンあふれるものなんだ！」と赤川先生が訴えている姿が目に浮かびます。

「吸血鬼は今日も睡眠不足」は、母親が殺人鬼ではないかと疑う引きこもりの青年を、エリカとクロロックが助けます。真相が明かされた時、登場人物の青年以上に私の方が驚いてしまいました。

赤川先生に憧れたまま大人になった私は、様々な偶然と必然が重なり、小説家としてデビューすることになりました。未《いま》だに自信をもって「小説家です」と名乗ることができないのは、赤川先生のような躍動感があふれる物語を描くことができないからだと自省しております。それでも執筆期間、根底に流れているのは赤川先生と作品への想い。私にとって絶対無二のバイブルは赤川先生の数々の作品なのです。

シリアスな場面でもどこかユーモアを入れたり、読む人が映像として浮かびやすそうな言葉を選ぶのは師匠（勝手にそう呼ばせていただいております）あってのことです。

最近では自著において、〈黒猫のワトソン〉を登場させたりもしています。もちろん、かの有名な「三毛猫ホームズ」シリーズ（光文社）を意識しましたが、内容は全然違います。推理しません。活躍しません。（師匠、お許しください）

若い世代はあまり小説を読まない、と聞きます。それでも私のように赤川先生の魅力に気づき、その世界観にのめり込む人は増えていくでしょう。たくさんの人生や価値観を変える赤川先生の魔法は今もこれからも健在です。

解説といいつつ、ラブレターのようになってしまいましたが、ご依頼いただいたときはうれしさのあまり親戚一同に連絡してしまったほどです。しっかり親の血を受け継いでいることを再確認しました。

ご縁に感謝しつつ、いつか堂々と「小説家です」と赤川先生の前で自己紹介できるよう、私も精進してまいります。

（いぬじゅん　小説家）

この作品は二〇一一年七月、集英社コバルト文庫より刊行されました。

赤川次郎の本

東京零年

巨大な権力によって闇に葬られた事件。その真相を追う若者たちの前に、公権力の壁が立ち塞がり……。巨匠が今の世に問う、渾身の社会派サスペンス。第50回吉川英治文学賞受賞作！

集英社文庫

赤川次郎の本

誇り高き週末

70歳の大富豪が、突然再婚を発表する。しかもお相手は28歳！　彼の財産を狙う親族たちは、複雑な思いで週末の花嫁披露パーティに赴くが、そこに前妻の幽霊が現れ——。表題作他２編。

集英社文庫

吸血鬼心中物語《きゅうけつきしんじゅうものがたり》

2023年6月25日　第1刷　　定価はカバーに表示してあります。

著　者　赤川次郎《あかがわじろう》
発行者　樋口尚也
発行所　株式会社 集英社
東京都千代田区一ツ橋2-5-10　〒101-8050
電話　【編集部】03-3230-6095
【読者係】03-3230-6080
【販売部】03-3230-6393(書店専用)
印　刷　大日本印刷株式会社
製　本　大日本印刷株式会社

フォーマットデザイン　アリヤマデザインストア　　マークデザイン　居山浩二

ISBN978-4-08-744539-8 C0193